召喚傳說

15

左夜 ◎著

CONTENTS

目錄

第一章

彪悍

一萬多人的大軍出征，走的是荒蕪人煙的叢林，預計明天中午才能走出叢林進入連綿的丘陵地帶。

擊殺域境人熊，外人不知道此事，羅昭卻預先猜到了聖堂或許會派人過來。敵人故意引誘域境人熊來到天雅帝國的駐地附近，這是準備對天雅帝國進行絕殺，只是誰也沒想到域境人熊是被羅昭殺死。

敵人想不到，更不可能相信剛剛崛起的超武宗師有這個實力，那麼聖堂若是派人過來，必然是與敵人有勾結。

羅昭從來不憚以最大的惡意揣摩聖堂，不能因為有了沐岫與自己合作，就當聖堂是朋友，這個想法很危險。

猜測歸猜測，也只對沈承說過此事，現在真的猜想成真，聖堂真的來人質問。因為聖堂的人看來，羅昭這支隊伍沒可能殺死恐怖的霸主。

域境人熊最強就是個體戰鬥能力，因此踏入域境的人熊為霸主，譬如狼群的狼王踏入域境，則為王獸。

域境人熊是獨來獨往，性子很獨。狼王則是善於統御狼群大軍，喜歡集體圍獵。因此落單的域境人熊戰力永遠處於最佳狀態，若是落單的域境狼王被天雅帝國大軍殺死，反倒可以理解。

羅昭對聖堂不能說有敵意，反正不介意對聖堂的人下手，既然大半夜的驚擾大軍，那就不用客氣了。

鐵楚女已經被驚醒，聽到羅昭下令對聖堂的域境強者下手，鐵楚女身上浮現出藍色星甲，這是斬殺的藍天使騎士團的繳獲戰利品。

藍色的戰甲表面塗層，被鐵楚女胡亂刮削過，依然殘存著蔚藍色的殘跡。鐵楚女也不在意，蒼狼騎士們幾乎個個穿著搶來的星甲，使用的是搶來的星兵。

蒼狼騎士團最大的特色就是五花八門，若是戰場上看到一支騎士團沒有自己的專屬戰甲，不用問，必然是號稱破爛王的蒼狼騎士團。

迷迷糊糊被驚醒的一支支隊伍在軍官的低聲喝令下開始整隊，羅昭默然看著遠方，鐵楚女大聲吼道：「哪個孫子半夜驚擾軍營？真當蒼狼騎士團是你自己家？」

一個個火把被點燃，深夜叢林驟然明亮，照亮了叢林中的一個個營帳，還有營帳中間的空地，十三門徒帶著超武弟子來到羅昭身後，火把的光芒照在雪亮的戰刀上，折射出凜冽的寒光。

急驟的蹄聲由遠而進，為首的是兩個騎著高大變異獸的白人男子，其中一個人手中的戰槍指向前方，氣勢洶洶，殺氣騰騰。

趙伯農歪頭，沙曼獸團的人開始給床弩上弦，跟著羅昭前往北地，親眼看過羅昭斬殺聖堂的半步域境，趙伯農相信羅昭被激怒了，根本不在意對方是不是來自聖堂。

不到兩萬人，但是加上跟隨過來的黑狼群，還有蒼狼騎士們的坐騎也沒有收起來，導致大軍的營地相當可觀。

深更半夜，猝然被驚醒的大軍依然進退有序，羅昭這個帝國公爵，超武宗師的聲威讓大軍寂靜無聲。

這兩個帶隊的聖域高手放緩了速度，天雅帝國的大軍令行禁止，這是精兵的架勢。

最能體現一支部隊是否精銳，就看遇到變故的時候是否沉穩，顯然天雅帝國的大軍表現足夠優秀。

洛天時提著戰刀出現在這支隊伍的前方，字正腔圓問道：「報上你們的名字與來歷，深夜驚擾遠征大軍，按照天雅帝國的軍法，我可以隨時下令狙殺惡意驚擾者。」

左側的白人男子盯著洛天時說道：「你，不是羅昭，滾。」

洛天時漲紅臉，作為輔助部隊的最高長官，當著自己的部下被人羞辱，洛天時極為難堪。

鐵楚女坐在地行龍背上轉頭看著羅昭，下令啊，你一聲令下，我帶著蒼狼騎士團發起衝鋒。

羅昭叼著雪茄走出隊伍，十三門徒亦步亦趨，羅昭站在了火光之下，看到那小流氓般的髮型，就不會認錯人。

羅昭說道：「洛將軍，你去安撫輔助部隊。」

洛天時對羅昭敬禮，含恨退下去。

羞辱洛天時的白人男子看著羅昭說道：「交出藏在你們隊伍中的千鳥，千鳥擊殺域境變異獸，已經讓土著強者們憤怒。」

羅昭默默吸著雪茄，帶隊的兩個人全是白皮，這顯然沒有均衡安排人手，畢竟老王和伊勢丹到來，老王還傾向於羅昭。這兩個白皮顯然有備而來，蕭白羊沒有露面，也足以說明她和這兩個聖堂的天空騎士不熟。

知道千鳥，還認為是千鳥擊殺了域境人熊，這分明瞭解羅昭的底細，但是千鳥根本沒有進入異域戰場，屎盆子扣錯了啊。

羅昭依然一言不發，聶無淵咆哮道：「狼主，這他媽的是哪裡來的畜生，在這裡囂張跋扈，我們蒼狼騎士無法忍受這種羞辱。」

另一個白人老者說道：「蒼狼騎士，敢對聖堂如此不敬？蕭白羊在哪裡？她不是也在隊伍中嗎？」

蕭白羊硬著頭皮走出隊伍說道：「屬下現在兼任蒼狼騎士團的對外聯絡處處長，兩位大人有何吩咐？」

白人老者說道：「天星強者偷渡進入異域戰場，這違反了我們與土著強者的約定，現在讓羅昭交出千鳥，避免破壞聖堂與土著強者之間達成的協議。」

蕭白羊冷靜下來說道：「回稟大人，千鳥閣下沒有在隊伍中，她沒有進入異域戰場。」

白人老者冷冷盯著蕭白羊說道：「妳要為自己說的話負責。」

蕭白羊說道：「威廉姆斯大人，我為自己說的話負責，進入異域戰場開始，我就沒有見過千鳥閣下。」

威廉姆斯冷笑說道：「記住妳說過的話，千鳥已經進入異域戰場，否則羅昭在冰牆入口處的野蠻行徑，早就被駐守的天空騎士擊殺。」

羅昭眉頭微挑，千鳥當時尾隨而來？怪不得冰牆裂縫處羅昭殺人，搶奪獸車沒有任何強者出面，千鳥藏在了哪裡？

羅昭頗為期待，有千鳥在身邊，格外有安全感。

蕭白羊轉頭看著羅昭，發現羅昭沒有任何反應，蕭白羊說道：「我再次重申，我進入異域戰場之後，沒有見過千鳥閣下。」

白人男子說道：「妳再次重申，也是謊言。域境人熊如此強大，為何會被你們殺死？」

蕭白羊閉嘴，羅昭吐出青煙說道：「既然話說到了這裡，我想問一下，誰把域境人熊引到了天雅帝國的駐地？還有，我們擊殺域境人熊，你們為何第一時間趕來？引誘人熊的人和你們勾結在了一起？」

威廉姆斯說道：「你在對聖堂叫囂？」

羅昭吐掉雪茄說道：「叫囂個頭，聖堂的人比別人多根鳥？我問你話，你來答；不回答，就是包藏禍心。」

威廉姆斯舉手，他身後的執法隊舉起武器。

白人男子說道：「羅昭，給你最後一個機會。」

羅昭說道：「你家羅宗從來不需要別人的施捨恩賜，機會，我自己爭取。蒼狼！」

蒼狼騎士猙獰吼道：「蒼狼。」

羅昭猝然指向前方，鐵楚女雙腳狠狠磕在地行龍的肋骨上，地行龍嘶吼著向前衝鋒。羅昭躥到了地行龍身邊，鐵楚女左手抓住羅昭，把羅昭拉到了地行龍背上。蒼王狂怒，我家主人到了地行龍背上？我被嫌棄了？

蒼王低頭發出悠長的狼嚎，黑色巨狼仰頭發出長嘯，黑夜的叢林中黑色狼群如暗潮翻湧。

威廉姆斯做夢也沒想到，他們遇到了硬茬子，羅昭竟然一言不合就下令開戰，這是瘋子，他怎麼敢對聖堂的天空騎士帶領的執法隊發起攻擊？

蒼狼騎士發起衝鋒，真正致命的威脅來自巨大的沙曼獸方向，七頭裝備了重甲，安裝了床弩，此刻七架床弩同時弓弦聲響，粗大的弩箭越過蒼狼騎士射向兩個聖堂的天空騎士。

沒有蒼狼騎士團鑿不穿的防線，這句話由來已久，此刻蒼狼騎士團在營地這邊發起攻擊，加速的距離不夠長，面對有些懵圈的聖堂執法隊，足夠了。

威廉姆斯揮槍磕飛了一支弩箭，卻沒有避開第二支弩箭，這支弩箭貫穿了威廉姆斯的左肩膀，直接把威廉姆斯從坐騎上射得向後飛。

白人男子察覺到危機，他直接從坐騎上竄下來，躲在坐騎的身體下面舉起戰槍對準了迎面衝來的鐵楚女。

鐵楚女右手平舉破甲錐，破甲錐也算是槍類武器，比戰槍短得多，比戰刀長得多，這是搏命衝鋒的利器。

白人男子竄到坐騎下面，避開了襲來的弩箭，他身後的執法隊遭殃，一聲聲慘叫響起，天空騎士也承受不起弩箭的威力，更不要說實力更遜色的執法隊成員。

鐵楚女手中的破甲錐斜指向下，白人男子燃燒的戰槍指向地行龍的頜下，若是地行龍衝上來，白人男子可以借助戰槍把地行龍刺穿。

鐵楚女感到羅昭在自己屁股上拍了一巴掌，她翻手抓住羅昭當作投擲武器直接砸過去。

白人男子倉促轉動戰槍試圖刺穿羅昭，羅昭凌空扭轉身體，腳尖踢在戰槍的槍頭，旋即左手抓住燃著烈焰的槍桿，右手的匕首順著槍桿滑下去。

慘叫聲中，白人男子左手的四根手指齊刷刷斬斷。

羅昭也是血肉之軀，他左手抓住燃燒的槍桿，烤肉的味道飄出來。羅昭彷彿沒有任何察覺，右手握著的匕首貼著槍桿直接把對手的四個手指斬下來。

白人男子就沒想到還有這麼蠻不講理的戰鬥方式，你不是騎士，你使用的是什麼歪門邪道的戰鬥方法？

破甲錐直接貫穿了白人男子的坐騎頭顱，鐵楚女身邊聶無淵和趙維如狼似虎，各自帶隊從兩側衝過去。

獰笑聲中，蒼狼騎士們第一次在眾人面前展現了什麼叫做鐵血洪流，執法隊的成員根本沒能力抗衡一次次死裡逃生的蒼狼騎士。

十三門徒有的騎著座狼，有的邁步狂奔，試圖在戰場上尋找立功的機會，可惜蒼狼騎士所到之處，沒有任何活口。

羅昭面無表情看著白人男子，他腳尖緩緩用力，把斬落的四根手指一根根碾成肉泥。斷臂也能接續，前提是能把殘肢斷臂撿回去，羅昭不想讓對方恢復，甚至不想讓對方活著回去。

白人男子捂著流血的左手，絕望地看著羅昭，威廉姆斯被弩箭貫穿，生死未卜，他一照面就被弄殘了。

恐懼和劇痛讓白人男子眼前發黑，無邊的絕望籠罩了他，早聽說羅昭囂張跋扈，心狠手辣，真正面對羅昭，才會知道這個小流氓般的少年統帥有多狠戾。

趙菲盯著白人男子躍躍欲試，這個傢伙殘廢了，我殺了他會不會立功？只是這麼多師姐妹看著呢，搶功會不會顯得吃相難看？畢竟身為大師姐，趙菲還是比較要臉的。

呻吟的人被補刀，十幾個呼吸，氣勢洶洶來興師問罪的兩個聖堂天空騎士帶領的執法隊全滅。

聶無淵大聲問道：「狼主，這個為什麼還有氣？要不要活口？」

羅昭舉起左手，大拇指即將旋轉向下的時候，蕭白羊撲過來，雙手抱住羅昭的左臂惶急喊道：「別，求你了，別徹底撕破臉。」

羅昭轉頭看著蕭白羊說道：「妳說什麼？別徹底撕破臉？」

蕭白羊看著羅昭森冷無情的眼眸，她一時間不知道該說什麼，蕭白羊口乾舌燥，知道羅昭是狠人，也沒想到這麼狠，聖堂的天空騎士，你說殺就殺？

羅昭問道：「我在與聖堂撕破臉？引誘域境人熊來到天雅帝國的駐地附近，妳不知道域境人熊的破壞力有多強？我問妳，聖堂的人命值錢，我們天雅帝國的人命如草芥？妳知道輔助部隊未來會誕生多少的超武弟子？妳知道他們也是爹娘生養的，他們也有牽掛的親人，挨打了要知道疼。」

「妳告訴我，我殺了域境人熊，聖堂第一時間派人來找我的麻煩。誰在撕破臉？聖堂把我和我的部下當人看了沒有？」羅昭的聲音越來越大，這種時刻，必須讓最卑微的輔助部隊也要有榮譽感，羅昭深諳說話的技巧，以前是沒機會展現，這個時候不賣力蠱惑？傻的嗎？

鐵楚女舉起破甲錐吼道：「殺。」

蒼狼騎士們咆哮，旋即喊殺聲彙聚成恐怖的聲浪，一聲聲怒吼，白人男子祈求地看著蕭白羊，方才他還訓斥蕭白羊，現在蕭白羊成為了他唯一的救星。

蕭白羊死死抱著羅昭的左臂，不能殺，兩個天空騎士活著，聖堂就不至於惱羞成怒。若是殺了這兩個聖堂的域境高手，那就沒有轉圜餘地了。

蕭白羊慌亂說道：「扣下他們兩個，讓聖堂拿出誠意來贖人，這件事情明顯是聖堂理虧，肯定會給你說法。想一想，兩個天空騎士，聖堂得付出多大的代價贖人？或許你心心念念的沙曼獸很快就會被送過來。」

羅昭沉吟說道：「其實幾十頭沙曼獸就夠用了，我不是非得湊齊一百頭。」

蕭白羊說道：「那索要別的補償，一切可以談。」

羅昭抬頭，看著快哭了的白人男子說道：「你值多少錢？」

白人男子飛快說道：「八千萬的贖金，沒問題。」

羅昭皺眉，八千萬？

鐵楚女騎著地行龍走過來說道：「老團長踏入域境的心法就花了五千萬，而且是物資，這個價格是在蒙你。」

白人男子說道：「兩億，我自己，算上威廉姆斯，你可以得到四個億的贖金。我需要療傷，我失血過多。」

羅昭左臂緩緩放下，蕭白羊如釋重負，你同意就好，嚇死我了。

鐵楚女問道：「妳還抱著他幹嘛？鬆手啊，別沾便宜。」

起哄的聲音響起，鐵楚女吼道：「發情期到了？把這兩個俘虜看管好，若是逃脫了，我剝了你們的皮。」

威廉姆斯還活著，天空騎士的生命力強大，否則也不會有三百年的壽命，威廉姆斯被拔出弩箭，他咬牙閉著眼睛裝昏迷。

彪悍，真正體會才有發言權，羅昭帶領的蒼狼騎士與其他部隊，是真正的悍不畏死，對於聖堂也沒有什麼尊敬可言。被射飛的雯那，威廉姆斯看著如狼似虎的蒼狼騎士，看到了抄刀子狂奔的十三門徒，甚至看到了潮水般衝鋒的黑狼群，這是一群牲口，太可怕了。

蕭白羊鬆開羅昭的胳膊，鐵楚女問道：「狼主，這些聖堂雜碎的屍體怎麼辦？」

羅昭輕鬆說道：「餵狼。」

蕭白羊下意識想抓住羅昭，你可不能下這種混蛋命令，必須收回成命。葉修羅已經笑吟吟擋住蕭白羊，別趁機佔便宜，鐵楚女已經提醒妳了。

白人男子絕望地看到狼群撲上來，執法隊與他們的召喚獸屍體被狼群撕咬吞噬，這場面從來沒想到會發生，而且是發生在他眼前。

羅昭說道：「洛將軍。」

洛天時小跑來到羅昭面前，說道：「將軍，今後請直呼我的名字。」

羅昭說道：「今後無論任何人驚擾大軍，按照天雅帝國的軍法從事，成為慣例。」

洛天時大聲回答道：「是，收到命令。」

聖堂的兩個天空騎士被打傷活捉，執法隊更是屍骨無存，聖堂落得這個下場，估計沒有比這更有來頭的隊伍了。

羅昭打著呵欠說道：「今夜你辛苦一些，明天安排別人帶隊。別硬挺著，長路漫漫，依賴你的地方多著呢。」

洛天時沉默敬禮，囂張跋扈的羅昭一次次地給足面子，如何不感動？如果羅昭是薛展那種愛兵如子的老好人也就罷了，羅昭是生冷不忌，惹怒了真敢殺人的狠角色。

這種殺伐果敢的天之驕子的信賴與器重，誰是當事人誰有感觸，士為知己者死，指的就是現在的洛天時。

洛天時沒什麼背景，一直很不得志，中將叛逃之前，洛天時這個少將簡直就是打雜的存在。中將叛逃，洛天時維護了留守的官兵，他不知道羅昭到來會如何處置他，他甚至做好了最壞的準備。

羅昭很清楚自己的弱點與短板，忽悠人還行，吹牛逼鼓舞士氣也不是問題。若是讓羅昭指揮千軍萬馬，那會累死他。

洛天時看似很普通，一個能夠在最高長官叛逃，蒼狼騎士團遭遇背刺的時候，維護輔助部隊的秩序，這本身就是本事，這是羅昭最急需的人才。

蒼狼騎士可以交給鐵楚女管理，沙曼獸團交給趙伯農去打理，天雅狼騎兵有十三門徒帶隊，預備隊有鄭真這個想上位的鐵壁超凡者帶領。

至於貴族子弟組成的龐大隊伍，谷皋願意承擔，那就讓他去管理。他對貴族子弟相對瞭解，反正比羅昭熟悉得多。

龐大的輔助部隊呢？羅昭不可能親歷親為，他也沒這個本事，管理上萬人的隊伍，可不是吹牛逼就能搞定，這涉及到了太多方方面面的細節管理，還得有整套的管理班子。

洛天時經歷過前途未卜的惶恐，羅昭放手讓他去做，還給足了面子，不求別的，洛天時能夠把輔助部隊帶領好，那就是最大的功勞。專業的事情交給專業的人去做，這樣的安排，羅昭才有時間讓自身不斷突破，還能有吹牛逼的閒暇。

谷皋拿著行軍水壺灌了一口，羨慕啊，也只有羨慕的份。這本事學不來，也沒有那麼大的膽子，方才驚險到了極點，蕭白羊阻攔慢了一步，兩個聖堂的域境就得死在當場。

這實力太水了，谷皋有些瞧不起這兩個天空騎士，天空騎士不應該強大無比嗎？怎麼到了我哥面前，和菜雞差不多。

谷皋吧嗒嘴，目光瞥見鐘秀跟著幾個女同學一起走向帳篷。

谷皋輕聲說道：「鐘秀。」

鐘秀板著臉，一個相熟的女同學輕笑攔住鐘秀，把她推向了谷皋，鐘秀有些扭捏，多少還有些怨念。

谷皋故作威嚴踱步走過去，在別人揶揄的眼神中說道：「方才忽然有了一個想法，需要對貴族子弟做出相應部署，妳幫我參謀一下。」

鐘秀看不得谷皋這個拿腔拿調的做派，你裝什麼大尾巴狼？深更半夜你和我探討這個？誰信啊？你當別人瞎眼？

谷皋咳嗽一聲說道：「明天我和我哥說一聲，貴族子弟不能繼續渾渾噩噩，必須拿出態度，這個很重要。」

鐘秀揚眉問道：「真的？」

谷皋說道：「再繼續這樣下去，貴族弟子就真的廢了。我靈感來了，必須深入探討，走，我們這邊說。」

第二章
告黑狀

夜色寂靜，一個獨立的小帳篷裡，有人發出低低的慘叫，然後憤怒的鐘秀奪門而出。

大軍駐紮之地，喧嘩者死，聖堂的兩個天空騎士重傷為代表，執法隊全軍覆沒就是最好的證明。

天色黎明，羅昭摟著葉修羅睡得正香，帳篷外沈承的聲音響起道：「少狼主，皇太女，鐘秀姑娘求見。」

簡古嵐滿肚子怒火，睡個踏實覺容易嗎？一個小貴族的女兒也敢求見自己，大清早的，有病啊？

任性肯定是不能任性，簡古嵐在羅昭面前一直是表現得知書達理，性情寬厚，這個人設不能崩。

主要是羅昭太賊，有什麼蛛絲馬跡流露出來，很容易被他察覺，羅昭可以肆意妄為，簡古嵐卻不能由著性子來，甚是糟心。

察覺到羅昭的心跳變動，簡古嵐溫柔地在羅昭臉上吻了一下說道：「睡個回籠覺，昨天你連續與域境對手征戰，太辛苦。」

詹少柔和葉修羅四目相對，她們兩個相對躺著，彼此從對方眼中看到了笑意。為何偏偏提起與域境對手征戰呢？不解釋不行嗎？越描越黑的。

簡古嵐穿上有了淡淡汗味的貼身軟甲，大軍出征，隨時可能遇到危機。防護了要害的軟甲相當重要，雖然不能清洗，只能睡前擦拭一番，那也必須穿著。

簡古嵐比正常人更惜命，從小就生活在皇宮，攤上了天雅帝后這樣的母親，簡古嵐從小養成了謹小慎微的習慣。

此生最大的一次冒險，就是主動出擊與羅昭成為未婚夫婦，之後看著羅昭強勢崛起，簡古嵐的野心也在開始萌生。至於膽量，外人看不到，簡古嵐自己清楚，她很怕死。

天雅帝國的皇太女，妥妥的未來女皇帝，進入異域戰場振奮士氣，這一點做到了就是大功一件。至於具體操作，有羅昭呢。

簡古嵐走出帳篷，看到的是哭紅眼睛的鐘秀，簡古嵐坐在沈承搬過來的馬紮上說道：「既然向我告狀，只怕不是小貴族招惹妳，是谷皋這個混帳東西？」

鐘秀蹲在簡古嵐面前，抽泣說道：「昨天夜裡，羅宗打敗聖堂的天空騎士後，谷皋說他想到了如何提振貴族子弟的士氣，非要拉著我給他參謀。但是他把我拐進帳篷，就對我動手動腳。」

簡古嵐當時黑臉，這畜生，小小年紀就不做人事。

簡古嵐咬牙說道：「得手沒有？」

鐘秀撚著皮甲的腰帶說道：「我家的家風嚴謹，不可能容許他做出這種傷風敗俗的事情。」

這話過分了啊，簡古嵐覺得鐘秀分明是來噁心自己，什麼叫傷風敗俗？妳內含誰呢？

沈承目視前方站在帳篷門口，嘴角努力不抽搐，想笑，打死他也不敢笑出聲。谷皋玩得花啊，竟然在軍營準備強暴貴族千金，這是憋壞了？

簡古嵐說道：「這事有多少人知道？」

鐘秀說道：「應該沒有外人知道，他拉扯我的時候，被我撓傷了脖子，我就逃出來了。夜深人靜，擔心驚擾軍營秩序，所以拖延到清晨求見您，希望您和羅宗給我做主。」

帳篷內傳來笑聲，簡古嵐喝斥道：「笑什麼？好笑嗎？這件事情你來處理，誰讓谷皋喊你哥？」

羅昭嘿嘿笑著走出來，上半身的軟甲鬆鬆垮垮，看著就是一個不良少年，羅昭坐在沈承遞過來的馬紮上，然後接過雪茄。

沈承帶著笑意彎腰給羅昭點燃雪茄說道：「這事，您是不是讓谷皋世子過來當面對峙？」

簡古嵐斷案，沈承絕對不可能多嘴。既然判案人換了羅昭，沈承覺得應該為谷皋世子說幾句好話，畢竟多親王對沈承和楚瑜不錯，多親王府的楊管家，和沈承更是交往密切。

羅昭笑眯眯說道：「這事吧，你得考慮鐘秀姑娘的面子，如果谷皋過來胡說八道，那就不好了。」

沈承奉承道：「少狼主想得縝密，屬下多嘴了。」

鐘秀倒是希望谷皋過來，當面把話說清楚，羅昭這麼一說，鐘秀覺得谷皋不過來也好。

羅昭問道：「多二代當時和妳說了些什麼？」

鐘秀險些笑出來，多二代？這是什麼陰間稱呼？鐘秀偷偷掐著自己的指尖說道：「他說哥，唔，他說羅宗思維縝密，想法周全，就是陰陽互補。」

羅昭當時就怒了，轉頭看著沈承說道：「把那個混帳東西給我抓過來，他奶奶的。」

簡古嵐說道：「谷臯的奶奶，也是我的奶奶，也是你未來的奶奶。」

羅昭這個鬱悶，罵人罵到了自己頭上，晦氣。

起床的號角聲響起，羅昭說道：「算了，大清早的不生閒氣。說說吧，妳有什麼具體的要求？我能做到的範圍內，儘量滿足。」

鐘秀糾結，就是不開口。

羅昭說道：「不說話，那就是恨意難消，鐵月呢？你去把谷臯給閹了。」

簡古嵐一腳踹過去，你說人話呢？我真正的親爹就這麼一個兒子，雖然我不承認，那也是親爹。再說名義上多親王還是我的伯父，你出這麼陰損的主意，考慮過我的感受嗎？

鐵月提著短刀虎視眈眈，有機會閹人了？

簡古嵐怒道：「羅昭，不許胡鬧。」

羅昭把鐵月攬在懷裡，鐵月非常自然地從羅昭嘴裡奪過雪茄自己叼上。

鐘秀看著儼然一大一小兩個羅昭，她終於沒忍住笑出聲來。

羅昭說道：「妳看，笑出來事不就好辦了嘛，許多事情笑著面對，成功率高。哭不行，我最不耐煩別人哭哭啼啼，嵐姐，我看鐘秀家教嚴，為何拒絕多二代，因為沒有媒妁之言。」

簡古嵐也想通了，鐘秀不是抗拒，而是沒有名分之前她絕對不會讓谷皋佔便宜。這話鐘秀自己不好說出口，所以一大清早來告狀。

簡古嵐遲疑說道：「谷皋的婚事，你我做主不好吧？是不是得考慮多一代的感受？」

鐘秀發現了，不僅僅是羅昭不著調，皇太女也不靠譜。羅昭的多二代，簡古嵐這裡直接把多親王稱之為多一代，你們兩公母過分了啊，多一代是我未來的公爹。

羅昭理直氣壯地說道：「將在外，君命有所不授。別說娶個老婆，找個乾媽也得捏著鼻子認。」

鐘秀嗔道：「羅宗，不帶這樣埋汰人的。」

沈承笑得肚皮抽搐，鐵楚女拿著一張卷肉大餅一邊咬一邊走過來，豪邁得一塌糊塗。

看到沈承憋得要岔氣的樣子，鐵楚女問道：「偷聽到了什麼好笑的事情？簡直樂不可支。」

沈承急忙說道：「沒有，絕無此事。」

羅昭試圖從鐵月爪子中把雪茄奪回來，簡古嵐怒道：「牠抽過的雪茄你敢吸一口試試？」

羅昭遺憾放棄這個想法說道：「沈承，你去告訴谷皋，我給他定了一門親事。當哥哥的沒辦法，必須做到長兄如父，這件事情就這麼定了，由不得他反駁。」

說到這裡，羅昭促狹問道：「鐘秀，妳家伯父伯母不會有意見吧？畢竟我和多叔叔比較熟，再說是實在親戚，和妳父母真的沒見過。」

鐘秀低頭說道：「羅宗做媒，家父家母肯定不會反對。」

沈承豎起大拇指，鐵楚女咬著肉餅，震驚地看著羅昭，你給谷皋定一門親事？你算哪根蔥？再說你才十六歲，你有什麼資格給親王世子定親？多親王的傻兒子，今年不得二十歲了？

羅昭站起來，奪過鐵楚女的大餅卷肉咬著說道：「吃過早飯隊伍就會出發，中午之前怎麼也得走個三十公里。鐘秀，妳和沈管家一起過去，讓他代表我和皇太女把話說清楚，如果可以的話，今天晚上你們就可以陰陽互補了。」

鐘秀看著簡古嵐，羅宗表態，妳作為皇太女若是開口，那就是板上釘釘，否則這事多少有些不妥當。萬一谷皋離開異域戰場不認帳，上哪說理去？

簡古嵐白了羅昭一眼說道：「今後改口，稱呼我為皇姐。」

這才是真的妥妥了，鐘秀歡喜地說道：「多謝皇姐。」

鐵楚女咀嚼著嘴裡的肉餅，滿臉的鄙夷，呵，這是故意做局吧？先是勾引谷皋世子，然後假撇清故作冰清玉潔，接著上門告狀敲定姻緣？這丫頭真賊。

目送鐘秀隨著沈承走遠，鐵楚女說道：「這娘們路子挺黑啊。」

羅昭大口咬著肉餅，含糊不清說道：「誰也不是省油的燈，貴族家的孩子雞賊著呢。嵐姐，咬，可香了。」

簡古嵐瞥見附近沒外人，她張嘴咬下去，果然很香，鐵楚女絕對是吃貨，只是身在異域戰場，很難找到更可口的食物。

鐵楚女準備蹲在羅昭身邊，羅昭直接把鐵楚女攬著坐在自己腿上，鐵楚女說道：「那個缺爪的白皮交代了，威廉姆斯才是這一次行動的主力，準備找茬抓住你帶回聖堂，沒想到被床弩給穿成肉串了。」

羅昭問道：「還審問了？」

鐵楚女說道：「有個超武弟子，叫什麼刑大夫，是個外國人，手段相當了得。估計蒼狼騎士落在他手裡，也得把他媽偷漢子的事情交代出來。」

葉修羅和詹少柔走出來，聽到的就是如此勁爆的話題，鐵楚女絕對是女漢子，甚至坐在羅昭腿上，也不是小鳥依人，儼然是高山壓頂的感覺。

威廉姆斯是這一次抓捕羅昭的主力，被羅昭斬斷四根手指的白人男子叫做穆尼。

原本的計畫是尋找天雅帝國隊伍中的強者，擊殺域境人熊，至少是域境強者。當時考慮過羅昭會抗拒，因此他們也做好了預案，執法隊的成員攜帶了大量的劇毒，只要羅昭敢拒絕，執法隊就會把攜帶的毒藥打開，不需要身體接觸，劇毒煙霧會讓天雅帝國的大軍承受不可承受的損失，而威廉姆斯則會猝然出手擒拿羅昭，從而讓天雅帝國隱藏的高手，說白了就是直指千鳥投降。

準備很充分，就是沒想到擊殺域境人熊的不是千鳥，而是羅昭。聖堂已經一再高估羅昭，依然不知道羅昭的進步有多驚人，尤其是羅昭預先判斷聖堂有可能來人，若是真來了，只能說明這些傢伙與引誘域境人熊的敵人是一夥的。

別人面對聖堂或許有顧忌，羅昭是真的敢硬剛，因此話不投機的時候，威廉姆斯還沒來得及下令，就被床弩直接給貫穿了。穆尼作為副手，他這個域境有些水分大，直接被羅昭斬斷了四根手指頭，在絕望與恐懼中，看著蒼狼騎士如同餓狼般毀滅了執法隊。

這是真正的狠人，穆尼恐懼了，喊出要繳納贖金來保住小命。這個決定相當明智，羅大宗師窮得厲害，兩個億的贖金，讓羅大宗師心花怒放。

包紮傷口，這不算完，從執法隊的遺物中發現了各種劇毒，鐵楚女險些直接把威廉姆斯和穆尼撕碎了。

威廉姆斯重創，站起來的力氣也沒有。穆尼是斷了幾根手指，但是他不敢逃，而且問什麼交代什麼，把所有知道的情況全部老實交代，避免了遭受更大的痛苦。

羅昭把剩下的肉餅全部塞進嘴裡，簡古嵐神色凝重，知道執法隊攜帶著足以毒殺數千人的各種劇毒，現在想起來就後怕。

鐵楚女站起來，蹲在羅昭面前說道：「兩個億的贖金要少了，威廉姆斯身上的裝備就不止兩個億。」

羅昭說道：「穆尼的贖金是兩個億，威廉姆斯另算，他們兩個出自聖堂的戰堂？」

鐵楚女說道：「戰堂是主要處理異域戰場的堂口，秘堂是管理各種秘法的堂口。外堂是管理各個國家超凡者的堂口，你熟悉的沐岫行走和鐵浮沉行走就是外堂的兩個話事人。」

簡古嵐說道：「妳對聖堂的瞭解很多。」

鐵楚女說道：「蒼狼騎士團的地隊打探各種消息，老東西把地隊交給我管理，防止狼主年幼不懂事。從審問的結果來看，戰堂顯然對狼主的存在很不滿，執法隊帶著這麼多毒藥，如果給他們機會，天雅大軍必然傷亡慘重。」

鐵楚女的囂張更多的是偽裝，否則一個女子在蒼狼騎士團這個爛泥坑如何自保？蒼狼騎士們的汙言穢語，就足以讓正常的女子承受不起。

羅昭說道：「沒必要心存幻想，尊重，是打出來的。這兩個傢伙不能死，我需要用他們兩個換取突破域境的秘法，蒼狼騎士團需要有新的天空騎士誕生。」

鐵楚女頓時眼睛笑得彎起來，這個彪悍的副團長，笑容綻放的時候竟然流露出一絲嫵媚。

鐵楚女旋即反應過來說道：「突破到域境，就得離開異域戰場，前往聖堂參悟。呃，你這是啥眼神？」

羅昭緩緩說道：「憑什麼按照他們的規矩來？我來了，那就重新建立規矩。」

鐵楚女舔著嘴唇，是啊，憑什麼按照聖堂的規矩來？這都撕破臉了，還想讓羅昭循規蹈矩？

羅昭說道：「讓大家知道聖堂有多惡毒，把繳獲的毒藥讓各個部隊的核心人員觀看。告訴他們拋棄所有的幻想，我們必須在異域戰場殺出生路，要嘛崛起，要嘛滅亡，不存在第三個選擇。」

「嵐姐，妳去告訴貴族子弟，讓他們知道未來天雅大軍垮了，我可以有機會進入聖堂，因為我是超武的締造者，但是貴族子弟們會很慘，聖堂不會放過他們。」

簡古嵐說道：「應該讓他們知道問題的嚴重性，只是聖堂為何不會放過他們？」

羅昭轉頭看著簡古嵐說道：「皇帝老父親把適齡的貴族子弟全部送到了異域戰場，妳未來的朝廷核心在他們之中誕生，未來的貴族爵位大部分也是他們來繼承。如果我是聖堂的大佬，那就一定會斬草除根，把這群等待崛起的貴族剷除，讓天雅帝國的貴族斷層。」

簡古嵐說道：「我現在就去，修羅、少柔，妳們和我一起。」

鐵楚女撇嘴，不帶我是不？我還不稀罕給妳當跟班呢。

鐵楚女兩根手指相互懟著說道：「這兩個天空騎士，能換來幾本突破的秘法？」

羅昭說道：「根據元素體系的不同，各要一本。」

鐵楚女說道：「至少也得五本，我看夠嗆，聖堂對於秘法管制極其嚴格，購買秘法的時候還必須簽訂契約，嚴禁外傳。」

羅昭眯著眼睛說道：「買來的秘法要簽訂契約，不是買來的呢？聖堂若是同意使用秘法交換兩個俘虜，妳會老實地簽訂契約？大不了直接搶過來，反正已經走到了這一步，我不介意做得更過分。」

鐵楚女眼神明亮，就知道小狼王有種，這思路跳出了常規，想像空間就很大了。

羅昭湊近了，說道：「穆尼是個慫包，妳讓蒼狼騎士們表現得兇悍一些，說不定他自己修煉的秘法就能交代出來。」

鐵楚女心跳加快，穆尼是火系天空騎士，蒼狼騎士團有好多個火系的騎士。這思路更對味了，鐵楚女雙手扣住羅昭的臉頰，惡狠狠親上去。

早餐的氣氛凝重，一個個蒼狼騎士帶著繳獲的劇毒展示給不同隊伍的軍官們，讓他們親眼見到昨夜有多兇險，聖堂是要不分青紅皂白直接毒殺天雅帝國的有生力量。

從鐵楚女手裡搶來的肉餅沒填飽肚子，羅昭正在享用自己的專屬早餐，趙伯農他們不約而同地來到帳篷門口。

羅昭淡定喝粥，莫行持欠身說道：「將軍，聖堂這是要徹底置我們於死地。」

羅昭說道：「才知道？」

莫行持說道：「原本聽說聖堂要把超武納入序列，屬下一直樂觀認為不至於如此狠毒，現在想來，屬下幼稚了。」

羅昭說道：「沒必要生氣，憤怒更是於事無補，想發洩心中的憋悶，那就帶好隊伍，同時自己努力修行。未來，我們會經歷更多，聖堂根本不需要親自出手，讓那些白皮國家的騎士團聯合起來，就足夠讓我們頭疼，要做好戰死許多人的心理準備，不強大，就沒可能在這條血路上走得更遠。」

「至於聖堂要把超武納為序列，記住了，我活著，就代表超武存在，而不是天雅帝國。天雅帝國死多少人，聖堂不會在意，就如同你不會在意螞蟻窩中死了多少隻螞蟻，最重要的是把我這個變異的大螞蟻抓住，聖堂就達到了目的。」

鄭真說道：「將軍，藍天使騎士團的裝備幾乎全讓蒼狼騎士團瓜分了，預備隊也需要強大，今後的戰利品能不能多少傾斜一些給我們？」

羅昭說道：「有了戰功，一切好說，不會讓你這個隊長為難。」

鄭真說道：「今天預備隊想要充當開路先鋒，為大軍掃平障礙。」

羅昭點頭，低頭繼續開吃，說道：「考察自己的隊伍，找到那些踏實做事的人充當基層軍官，不要找我這種喜歡吹牛逼的人，我在哪裡也不會安分，因此做不了踏實的工作。」

看來將軍對自己是什麼人，心裡還是有數的。當然沒人蠢到附和羅昭的話，羅昭自黑可以，別人詆毀一下試試？

趙伯農說道：「少狼主，貫穿威廉姆斯的那種破甲弩箭，庫存極少，您得想辦法多弄幾支，如果不是這種特殊的符文破甲弩箭，根本沒可能射穿威廉姆斯的星甲。」

羅昭抬頭，趙伯農說道：「喝粥吃飯，就看有多少的破甲弩箭。屬下冒昧分析，今後遇到強敵的機率很大，必須有自己的殺手鐧。」

羅昭說道：「現在我也沒門路，耐心等待，若是攻破了哪個騎士團的駐地，或許會有繳獲。」

洛天時說道：「將軍準備對敵人的騎士團動刀子？若是攻堅戰，輔助部隊需要做好準備。」

羅昭說道：「輔助部隊要做好各種準備，前路漫漫，會遇到各種想不到的困難。散了，別影響我吃飯。」

眾人剛準備退下，遠方谷皋喊道：「哥，哥，我帶來了一個人才，給我留點早飯。」

谷皋帶著一個三十幾歲的男子小跑過來，羅昭揶揄看著興奮的谷皋，給你定了一門親事，你就給我找到了一個人才？

谷皋衝過來，直接拿起行軍餐桌上的肉包子狼吞虎嚥，同時對那個男子抬了抬下頷。

羅昭的目光投過去，男子躬身行禮說道：「見過羅公，我是綠藤伯爵的長子，名為寒襄，家祖是曾經的天空騎士，早已去世多年。我家有秘傳的超凡合擊戰術，獻給羅公，讓您參考。」

第三章

合擊秘法

莫行持驚訝地看著寒襄說道：「你家不是說合擊秘法早就失傳了嗎？東路軍主將轟轟烈烈戰死，你們家族說秘法沒有留下來。」

寒襄微微沉默說道：「見識到了羅公崛起，我忽然就想起來了。」

這是百年前戰死的東路軍主將的後人？

羅昭放下筷子說道：「我喜歡你的說法，吃飯沒有？」

寒襄說道：「還沒有。」

羅昭說道：「坐下來吃飯，邊吃邊說。」

谷皋嘴裡塞得滿滿的，他握著肉包子指著身邊的位置，羅昭的行軍餐桌應該是四個人用餐，簡古嵐帶著葉修羅和詹少柔去貴族子弟的營地，因此現在只有羅昭自己吃早飯。

寒襄坐下來，端著一碗不再滾燙的肉粥喝了兩口說道：「家祖善於用兵，自身雖然踏入域境，但是最擅長的是把超凡者組合起來。當年帝國危急存亡時刻，家祖孤身遠征，擊殺瑟斯帝國的主帥，這是家族的榮耀，也是家族最慘痛的損失。帝國對於我家族很不錯，甚至可以稱得上優渥，只是沒看到有人配得上我家先祖自創的合擊秘法，尤其是帝國的幾支騎兵團，在異域戰場表現得慘不忍睹。」

「如果不是羅家烈團長踏入域境，我家已經謀劃如何把合擊秘法獻給他，因為他才最適合。羅家烈團長成為天空騎士，我家就在觀察羅公，合擊秘法交給正確的人，或許會創造奇蹟，若是交給了別有用心的人，那會對帝國造成不可挽回的損失。」

莫行持說道：「恭喜將軍。」

羅昭說道：「當年的東路軍主將，永遠是帝國的精神領袖。」

谷皐得意地笑，你給我定了一門親事，我就給你找到了一個真正的人才，你就說賺不賺吧？

羅昭說道：「優先考慮蒼狼騎士團，之後就是預備隊。寒襄，你現在起就是天雅大軍的軍事顧問，同時加入我的參謀團隊，與莫行持和冷為名為伍，少校軍銜。」

寒襄放下筷子和粥碗站起來，谷皐期待指著自己的鼻子說道：「哥，我呢？」

羅昭問道：「天雅狼騎兵的參謀長，你還想要啥？」

谷皋說道：「你的參謀團隊唄。」

羅昭說道：「寒襄這樣的人才不需要太多，再找出一個，我讓你加入我的參謀團隊。」

谷皋端起裝著肉包子的盤子說道：「我現在就去找，肯定能找到。貴族子弟裡面其實人才很多，就是誰也不敢輕易表現。」

羅昭說道：「站住，把話說明白了。」

谷皋小步快走說道：「貴族內部不是一團和氣，誰也不想成為被打壓的出頭椽子，遇到合適的機會，他們才會精准出擊。寒襄就是這個德行，以前他鐵嘴鋼牙，堅持說合擊秘法失傳了。」

肉包子沒了，只剩下了肉粥。

寒襄說道：「將軍，屬下先去蒼狼騎士團。」

鄭真提起粥桶說道：「寒參謀，預備隊翹首以待，我幫您提著粥桶，到了預備隊，你可以邊吃邊講解。這邊請，留心腳下。」

冷為名說道：「挖蒼狼騎士的牆角，小心被打黑拳。」

鄭真得意一笑，被打黑拳也認了，東路軍主將的合擊秘法，預備隊的春天要到來了。

裝肉包子的盤子和裝肉粥的木桶被搶走了，羅昭把粥碗裡剩下的肉粥一口喝乾，坐在那裡笑起來。

執法隊帶著劇毒，這是好事，唯有讓所有人知道聖堂要下死手了，他們才會拋下幻想，去面對在異域戰場的未來。寒襄祖傳的合擊秘法傳給蒼狼騎士和預備隊，這更是好消息。

東路軍主將戰死，他的合擊秘法不可能沒有流傳出來，但是流傳出去的必然是皮毛，核心是什麼，唯有綠藤伯爵家族的傳人知道。

交出合擊秘法的核心秘密，卻不能掌握這支部隊，寒襄這一次是豁出去了，羅昭看得懂，因此才把寒襄納入自己的參謀團隊。

谷皋很機靈，果斷提出他也想加入參謀團隊，天雅狼騎兵的參謀長，想要謀求這個位子也不容易，這是讓寒裏清楚成為羅昭的參謀，那就成為了真正的嫡系。

大軍再次啟程，這一次許多人心事重重，威廉姆斯被弩箭射穿，穆尼被將軍斬斷手指，這是極為振奮人心的好事，但是這樣也與聖堂撕破臉了，將軍與老王和伊勢丹達成的協議還能執行？

羅昭騎著蒼王放緩速度，當貴族子弟的隊伍走過身邊，羅昭對白冥魅說道：「萬古山莊的消息來得及時，讓我能夠第一時間做出正確選擇，否則天雅大軍必然傷亡慘重，天雅帝國欠了人情。」

士氣有些低迷，羅昭就要製造機會，讓大家知道萬古山莊這個殺手組織，也是站在自己的這一邊。

白冥魅挑眉問道：「不是你欠的人情？」

羅昭駕馭蒼王走在白冥魅的白鹿身邊說道：「這麼大的人情，唯有天雅帝國承擔得起。有沒有興趣讓萬古山莊搬遷到天雅帝國？未來異域戰場的局面穩定下來，天雅帝國培養成殺手的大本營，也是很好玩的事情。」

白冥魅揶揄道：「你就作妖吧，遲早你把天捅個窟窿。」

羅昭懶洋洋說道：「安分守己能有出頭之日？哪個貴族的祖先不是把腦袋別在褲腰帶上拼，才能博來一個貴族的身份？」

白冥魅說道：「那得讓萬古山莊看到你在異域戰場搞得有聲有色，我們可不像是北荒夜家一樣，欠了你的人情。」

羅昭嬉皮笑臉說道：「弄顛倒了不是？北荒夜家不欠我人情，而是修羅姐成為了我的女朋友，北荒夜家才有了出頭之日。」

白冥魅挑釁問道：「你這麼說的意思是萬古山莊投資太小？我們可找不到葉修羅這樣的大美女伺候你。螭瑤歌舞團的姑娘們在你面前走過，你眼皮也不撩一下，分明是葉修羅把你的胃口養叼了。」

貴族子弟們對羅昭的印象是心狠手辣，翻臉無情，現在聽到羅昭和白冥魅鬥嘴，他們簡直懷疑自己聽錯了。

羅昭笑眯眯說道：「妳暴露真面目給我看，說不定我就動心了呢。」

白冥魅是女人，這個秘密貴族子弟們根本不知道，也幸好貴族子弟們比較有教養，從來不會當眾大小便之類的舉動，也因此白冥魅隱藏得極好。

白冥魅羞惱，抬腳踹向羅昭，蒼王果斷加速載著羅昭狂奔。男人騎白鹿，顯得很娘炮，知道白冥魅是女子，這就順眼了。

萬古山莊的少莊主，肯定帶著最精美的人皮面具，也不知道真正的容貌如何。有了這個想法，許多貴族子弟的眼神就熾熱起來。

殺手家族不可怕，天雅帝國的貴族子弟們不知道什麼時候開始有了這種錯覺，北荒夜家主力搬遷到天雅帝國，夜天子更是直接在皇宮守護皇帝陛下。萬古山莊的少莊主平時相處也很友好，與大家有說有笑，雖然沒有答應羅大宗師的邀請，但是也沒拒絕啊。

未來萬古山莊真的搬遷到天雅帝國，傳世的三大殺手組織，有兩家落戶天雅帝國，天雅帝國必然成為殺手的大本營，聽著就很帶勁。

黑色巨狼悄然脫離黑狼群，腳步輕快追著蒼王，頗有夫唱婦隨的感覺，白冥魅瞄了一眼，嘴角露出玩味的表情。

萬古山莊得到了羅氏先天功和羅氏內功心法，現在萬古山莊已經證明羅氏先天功貨真價實，他們安排的人真的修煉出了真氣。

超武必然崛起，至於未來能走多遠，誰也說不準，白冥魅混在天雅大軍中，最重要的職責就是觀察。

羅昭擊殺域境人熊，這一幕白冥魅錯過了，斬斷穆尼的四根手指，白冥魅看得清清楚楚，更看到了羅昭踩碎幾根手指的那一幕。

天空騎士啊，在羅昭面前竟然不夠看，白冥魅相信域境人熊就是羅昭擊殺，他有這個實力。域境人熊的戰力相當可怖，這種獨行的變異獸絕對不是域境的天空騎士能夠單獨面對，羅昭擊殺域境人熊，自身沒有受傷，蒼狼騎士團也沒減員，足以說明了許多。

如此短暫的時間，從幾個月前自創超武到成為擊殺域境人熊的強者，超武潛力這麼大的嗎？還是說羅昭個人的天資正在逐漸呈現？

白冥魅更傾向於後者，但問題是羅昭的十三門徒戰力也相當可觀，手持特殊戰刀的十三門徒，氣勢正在與日俱增。

從小作為殺手家族的傳人培養，白冥魅的眼光毋庸置疑，她的感知能力同樣很強，十三門徒的變化，白冥魅清楚看在眼裡。如果羅昭在異域戰場能夠鍛造出一支真正的強兵，超武就真的成氣候了，當然那個時候押注羅昭，也就晚了。

白冥魅思索良久，在鹿背上寫了一張便條紙，夜鷹從高空俯衝下來，白冥魅飛速塞入鷹腿綁著的細管中，夜鷹打個盤旋飛向遠方。

萬古山莊早就謀劃在異域戰場佈局，他們看出了異域戰場的重要性，也正因為如此，萬古山莊瞧不起北荒夜家，沒遠見，沒出息。

沒有披掛重甲的沙曼獸拖曳著一輛輛手推車，這是叢林中最便於行進的移動工具。許多笨重的物資不可能全部靠人扛，許多手推車中裝著鍛造好的金屬板，這些金屬板材可以用來打造沙曼獸的重甲，也可以普通士兵使用的武器打造與維修。

天雅帝國打下來的領域中沒有金屬礦藏，所需要的金屬要嘛從域外，也就是天雅帝國運送進來，要嘛是高價從其他國家的騎士團購買。哪怕是糧食也可以捨棄一部分，畢竟野菜、野果和各種獸肉能夠填飽肚子，這些笨重的金屬板絕對捨不得丟下，這與食鹽相仿，在異域戰場屬於戰略物資。

缺糧的時候，肯定是蒼狼騎士團優先吃好，然後是輔助部隊的軍官，餓肚皮的是普通戰士。但是蕭明道第二次觀摩超武弟子演練羅氏先天功，就在嘗試中修煉出真氣，大家很熟悉的後勤大隊的小雜魚，一躍成為了將軍的弟子。

榜樣的力量刺激著每一個沒有超凡天賦的普通戰士，鹹魚翻身就在此時，枯燥的行軍途中，依然有戰士在偷偷出拳。

修煉出真氣，成為超武弟子，封印黑狼，成為天雅狼騎兵的一員。這是將軍自己打造的嫡系班底，傳說天雅狼騎兵的重要性更在蒼狼騎士團之上。

不知道是誰傳播的謠言，反正有鼻子有眼，軍官們請示過洛天時，洛天時下令不許干涉。不是為了挑撥天雅狼騎兵和蒼狼騎士團的關係，而是這樣的傳言有利於士氣的提升，普通士兵日子艱苦，總得給他們一些念想。

人活著，只要有了盼頭，再苦的日子也能熬過去。如果沒有得到羅昭的信賴與支持，洛天時肯定不會允許這種不利於團結的謠言傳播。

蒼狼騎士讓坐騎猖狂地橫衝直撞，尋找寒襄的蹤跡，可惜寒襄被預備隊的高手層層包圍，不給蒼狼騎士任何可乘之機。

搶走了本來應該請到蒼狼騎士團的教官，這是對蒼狼騎士團的挑釁，這是羞辱，蒼狼騎士們虎視眈眈，預備隊的高手嚴防死守。

打架？誰也不怕誰，鄭真挑選的鐵壁超凡者很團結，而且整體實力不比蒼狼騎士遜色，預備隊與蒼狼騎士團最大的區別是他們沒有經歷過一次次血的洗禮，沒有凝成一往無前的氣勢。

蒼狼騎士團的老班底是最寶貴的財富，他們追隨羅家烈一次次鑿穿敵人的防線，締造出鐵血軍魂，有他們在，新加入的蒼狼騎士就能迅速融入隊伍中。

預備隊需要戰爭的磨礪，甚至是慘敗的磨礪，沒有打斷心中的脊樑，他們才能稱得上菁英。

火氣蔓延，剛加入蒼狼騎士團的成員最初還有些靦腆，當老蒼狼騎士們囂張製造摩擦，屢次試圖衝開預備隊的防線，這些新加入的蒼狼騎士也跋扈起來。

叢林中大樹倒塌，鐵甲犀蠻橫衝撞，一個個蒼狼騎士眼神陰戾，從來只有蒼狼騎士團欺負人的資格，今天竟然被鑽了空子，這還能忍？

鄭真吐口口水，欺負人欺負到家了，打一架吧。鄭真發出呼哨聲，帶著身邊數十個預備隊成員準備反擊的時候，狼群輕盈前行，聶嬰黑著臉騎著座狼追上了預備隊。

聶無淵握著拳頭正準備揍人，趙維掄起刀背砸在聶無淵背上，聶無淵惱怒轉頭，看到聶嬰抬起俏臉看著他。

聶無淵支支吾吾說道：「妳過來幹啥？」

聶嬰說道：「我師父聽說你們這裡鬧得歡騰，讓我過來看看。我聽得懂，師父給我留面子了，因為挑頭鬧事的人是你，所以才讓我過來，為的是避免你當場難堪。」

聶無淵虎著臉說道：「別胡說，我是那種人？」

一個預備隊的戰士說道：「就是。」

聶無淵吼道：「我幹妳親娘了？」

聶嬰吼道：「不斷有人給我師父報信，真當你們的所作所為沒人看到？這不是蒼狼騎士支撐局面的日子，預備隊、天雅狼騎兵還有沙曼獸團，大家全在等待出頭之日，蒼狼騎士團不再是一家獨大。今天做得太過分，未來別的戰隊崛起，蒼狼騎士團的臉面何存？他日其他戰隊囂張對待你們，你們願意忍受這種羞辱？」

聶無淵眼神閃爍，趙菲抬頭看著趙維，趙維乾笑就是不開口。

聶嬰閉嘴，趙菲說道：「父親，我師父真正的嫡系是天雅狼騎兵，你一定要記住了，這才是我師父打造的子弟兵。寒襄是東路軍主將的後代，他掌握的超凡者合擊秘法很重要，卻也不是蒼狼騎士團最急需的秘法，讓新加入的蒼狼騎士融入騎士團，重新蒼狼騎士團的榮耀才是當務之急。就這，我不再多嘴，小嬰，我們走。」

蒼狼騎士團最野蠻與最陰險的兩個大隊長被自家女兒訓斥，其他的蒼狼騎士頓時偃旗息鼓。

瞥見聶嬰走遠了，聶無淵衝著預備隊中的鄭真豎起尾指說道：「小鄭，別落單，否則老子把你打成豬頭。」

鄭真說道：「我等著，一對一，誰慫誰是狗。」

聶無淵獰笑，好，有種，你記住今天這句話。蒼狼騎士團無功而返，反倒讓預備隊同仇敵愾，憋氣又窩火。

鄭真大聲吼道：「兄弟姐妹們，前面就是山丘平原，抵達那裡準備午飯。」

聶無淵黑著臉，趙維嘆息說道：「這日子沒法過了。」

聶無淵咆哮道：「你不是壞水有的是嗎？出主意啊。你閨女來了，你除了傻樂啥也沒說。」

趙維想吐，你說了？你咋不教訓你閨女？趙維琢磨了一下說道：「這事，還得鐵副團出動。」

聶無淵說道：「對，這娘們出個洞。」

周圍的蒼狼騎士哄笑，趙維低聲喝道：「你瘋了？這個時候還敢開鐵副團的玩笑？東路軍主將的合擊秘法我們必須弄到手，這事拖延不得，否則預備隊崛起，我們的好日子就算沒了。」

叢林跋涉終於看到了盡頭，悶熱的叢林行走特別累，看到遼闊的丘陵草原，許多人發出了歡呼聲。預備隊負責開路，蒼狼騎士們主動捕獵，還主動把繳獲的獵物清洗乾淨，等待著輔助部隊的廚子進一步處理。

鐵楚女不斷瞄著羅昭的方向，可惜羅昭和簡古嵐在不斷低語前進，鐵楚女不好意思湊過去。

身為蒼狼騎士團的副團長，鐵楚女其實骨子裡很在意尊卑這一套。在簡古嵐面前，她很是拘束，想說髒話的時候得硬生生憋回去，相當痛苦的感受。

趙維湊在了鐵楚女附近，低聲說道：「鐵團，寒襄的事情您得和狼主說。」

鐵楚女眯著眼睛說道：「說個屁，顯得我小家子氣。」

趙維賣力蠱惑道：「蒼狼騎士團強大起來，您說話也仗義不是？狼主把親隨也交給您，這分明就是讓您接管蒼狼騎士團。」

說到這裡趙維臉色變了，鐵楚女說道：「要孕吐？」

趙維說道：「狼主不親自帶領蒼狼騎士團，或許真的要逐步放棄蒼狼騎士們。」

鐵楚女呸了一聲，沒出息的樣子。

趙維說道：「狼主這麼做不對啊，蒼狼騎士團是他的家底，怎麼可以捨棄呢？」

鐵楚女說道：「嫌你們能耐不大，脾氣不小，所以要打造自己的班底。才想明白？」

趙維坐立不安，這可不行，蒼狼騎士多忠誠，別人行嗎？

趙維說道：「有錯就改唄，帝國這麼多年對蒼狼騎士團如此冷落，還不是因為咱們真正效忠的是老團長？這話您得和狼主說啊。」

鐵楚女用鼻子嗯了一聲，和羅昭廝混到時候，鐵楚女只顧著享受了，誰還想得起蒼狼騎士們？

趙維看著鐵楚女一臉無所謂的表情，他壓低聲音說道：「狼主身邊有夜家的族長，還有青葉公爵的侄女，更有未來的女皇帝。您想爭寵，那得有資本，蒼狼騎士團就是您最大資本，可別不當回事。」

鐵楚女眯著的眼睛睜開，惡狠狠盯著趙維說道：「誰爭寵？我？你媽的眼瞎啊，我還需要討好別人？」

前方的羅昭回頭大聲喊道：「鐵子。」

鐵楚女歡快地答應說道：「來啦，這就過來。」

地行龍狂奔前衝，趙維吃了狗屎一樣的表情，這還不叫討好？只怕狼主吹聲口哨，妳就得屁顛屁顛湊過去，多虧妳沒長尾巴，否則必然尾巴搖成風車。

地行龍狂飆來到羅昭身邊，羅昭說道：「抽調一些心腹和我單獨出行。」

鐵楚女大咧咧說道：「老班底個頂個的忠誠，這是你自家人，用著放心。」

簡古嵐微笑，鐵楚女立刻補充說道：「其實皇太女附近一直有老蒼狼遊弋，不敢說保護，至少能盡一份心。蒼狼騎士們說話嘴賤，就是這點不落好，否則他們不應該如此埋沒。」

羅昭說道：「別提他們掙口袋，我心裡有數，三十人的隊伍就行，善於日夜兼程的那種。」

鐵楚女也不問羅昭想去哪，她大聲吼道：「聶無淵，你帶著三十個老蒼狼過來，狼主有任務。」

聶無淵揮手，帶著自己的三十個老部下衝過來。羅昭對蒼狼騎士團的冷處理，讓蒼狼騎士們嚇夠嗆，唯恐真的失寵，有任務是好事，這種小隊伍的任務最好，證明狼主有大事交給他們。

第四章

登山渡海

鄧有成湊過來的時候，鐵楚女和聶無淵下巴朝天，這個老廢物過來做什麼？

羅昭接過地圖，鄧有成辨別著方位說道：「少狼主，這片丘陵面積很大，從這裡前往殘山，會輕鬆許多。地方我記得，絕對不會差。」

羅昭說道：「午後，我帶人出發。鄭真也過來了，現在把話說清楚，我不在家的日子，寒襄輪流在預備隊和蒼狼騎士團執教，我不希望回來的時候聽到你們兩支隊伍發生摩擦，如果是一群畜生，我會各打一頓。你們不是，既然不是，那就得分出是非，那就得公開懲罰。」

鐵楚女立刻收斂得意表情，鄭真也畢恭畢敬地站在羅昭面前。

羅昭繼續說道：「丘陵地帶，可以用來練兵，你們向著這個方向走，我們直撲藍天使騎士團的駐地，也就是蒼蘭帝國的領地。速度慢一些，給大家更多的磨合時間，給更多的沙曼獸打造重甲，流水線工作，能搭把手的人全部抽調出來。」

「記住，在敵人面前，在聖堂面前，天雅帝國的人是一個整體，他們想要下殺手的時候，不會因為你是預備隊的成員就網開一面，也不會因為你是蒼狼騎士就心慈手軟。天雅帝國自己的戰隊，競爭是好事，必須得有底線，否則我不介意拿你們開刀，讓所有人明白我的規矩是什麼。」

十三門徒磨蹭著湊過來，師父要單獨出行，我們得跟著。

羅昭說道：「妳們想辦法必須讓所有的超武弟子封印屬於自己的座狼，天雅狼騎兵必須儘快成型，還有著重培養輔助部隊的戰士，我要看到更多的超武弟子誕生。」

十三門徒同時躬身，羅昭說道：「要讓輔助部隊的戰士們感到榮耀，這才能更好刺激他們，出頭之日就在眼前，蕭明道就是活例子，在這個情況下還不努力，那就是自甘墮落。未來的戰爭，肯定複雜多樣，弱者註定了要被淘汰。」

「當我們一路征戰下去，將近兩萬人的大軍，能剩下一半就算是了不得的成就。除非天雅狼騎兵的數量達到數千人，那樣的話我就有了更多的籌碼，讓異域戰場的征程可以少死許多自己人。套馬索和射術必須嫻熟掌握，你們的任務是襲擾，讓敵人追不上，打不到，你們卻能一次次給他們製造麻煩，無所不用其極，這是天雅狼騎兵的規矩，那就是沒有規矩。」

聶嬰希冀說道：「師父，天雅狼騎兵達到數千人，能不能讓我帶領一支千人隊。」

十二個門徒目光投向聶嬰，聶嬰也沒有不好意思的表情，我就要受寵，我就是想要帶領一支千人隊，成為威風凜凜的主將。

羅昭說道：「天雅狼騎兵擴張到一千三百人以上，也就是每個門徒麾下有了一百個戰士。妳可以把未來誕生的超武弟子整編，優先滿足妳的要求。」

聶無淵的呼吸當時粗重起來，一千個天雅狼騎兵？別的門徒只有一百個戰士，我女兒將會擁有第一個千人戰隊。聶無淵腦袋眩暈，還別說，狼主是真的說到做到，真的寵溺聶嬰。

聶無淵轉頭對一個滿臉橫肉的蒼狼騎士說道：「老憨，你去告訴咱們大隊的那些雜碎們，狼主不在家的日子，給我夾著尾巴做人。誰敢和預備隊起衝突，我剝了他的皮，真正的剝皮，這事老子幹過。」

老憨露出獰笑說道：「我這就去，大哥放心，妥妥的。」

楚瑜快步走過來，他帶著一群輔助部隊的戰士，把整理好的行軍乾糧和水壺送過來。

羅昭張開雙臂擁抱了一下簡古嵐，然後是葉修羅，接著是詹少柔，最後是鐵楚女說道：「軍隊的成分複雜，我不能離開太久。現在就出發，路上填飽肚子。」

蒼王晃動著硬邦邦的尾巴跑過來，鐵月也提著短刀飛奔而至，羅昭收起人熊，這個大傢伙吞噬了域境人熊的心臟，一直昏昏沉沉。

蒼王發出狼嚎，向著遠方衝出去，黑色巨狼在叢林中衝出來，看到數十個蒼狼騎士簇擁羅昭遠走，牠焦急盤旋半天，發出狼嚎聲，一群黑色大狼在叢林中衝出來，在黑色巨狼的帶領下向著羅昭離去的方向追逐。

鐵楚女陰陽怪氣地說道：「這頭母狼王是戀姦情熱，少柔，妳怎麼不追上去？」

詹少柔聲音輕柔說道：「那得是狼王才有資格追逐蒼王，我不行的。鐵副團還差不多，妳相當於蒼狼騎士團的王。」

鐵楚女臉皮抽搐，鬥嘴好像沒辦法勝過詹少柔，這娘們估計本事全長在嘴上了。

簡古嵐悄然嘆口氣，跟著羅昭進入異域戰場，簡古嵐不慌，羅昭這一次輕從簡行，簡古嵐頗為不安。

這是兒行千里母擔憂嗎？簡古嵐啞然失笑，怪只怪羅昭晚出生了幾年，當他出頭的時候，已經沒有最優秀的女孩子與他匹配。

羅昭沒有了手機，不知道外界的情況，更不知道他在天雅帝國的口碑屬於炸裂的存在，厭惡羅昭的人竭盡全力扣屎盆子，而那些年輕少女已經變成了花癡，甚至組建了許多狼王後援團，小迷妹的數量根本無法計量。

羅昭體內的真氣奔流，登山意外成功，不是艱難跋涉，而是藉助擊殺域境人熊反哺過來的神秘力量，羅昭直接一次登頂。

登山，原本是個極其漫長的功夫，羅昭做好了耗費一年的時間。擊殺強悍的域境人熊，羅昭全身真氣充盈，那種神秘力量更是增強了生命的潛力，讓羅昭實現了一步登山的奇蹟。

火往上行，水往下流，羅昭的真氣如水，卻實現了逆流登山。登頂一次，之後就簡單了，這就如同游泳，學會了游泳技巧後，哪怕多年不入水，也不會忘了基本的技巧。

蒼王歡快奔行，羅昭默默催動真氣，真氣在山頂盤旋，羅昭一直控制著真氣奔流而下，他需要明確方向。

登山渡海，火裡金蓮，海在哪裡？超武是從無到有，羅昭參閱了許多書籍不斷探索，真正嘗試著修行，羅昭相當謹慎。

古武典籍中多次提出過氣海，傳說中的氣海就在肚臍之下三指的位置，羅昭的登山渡海中的海，指的就是氣海。

問題是真氣直接奔流而下就能抵達氣海？內景圖留給了鐵楚女，一個身負殺父之仇的女孩子，遍體傷疤，需要看著殺父仇人還不能下手。面臨絕境，鐵楚女重傷被活捉，當著敵我雙方的面前羞辱，正常人承受不起。

鐵楚女心裡有多苦，羅昭理解，這一次若是能夠把兩個聖堂的天空騎士賣個好價錢，要優先幫助鐵楚女踏入域境。

羅昭目前做不到更多，把蒼狼騎士團交給鐵楚女是對她的撫慰，羅昭相信最熟悉蒼狼騎士的鐵楚女，會比自己管理得更好。鐵壁巔峰的鐵楚女，缺少一門突破的秘法，有了羅昭傳授給她的完整觀星法還有內景圖，相信鐵楚女未來突破不難。

在羅昭思索過程中，真氣自動湧上高山，在山頂越積越多，當羅昭意識到不對的時候，積累的真氣突破了極限，轟然向下奔流。

羅昭感到自己的胸膛要炸開了，他迅速雙手抱住蒼王的脖子，狂暴奔流的真氣湧入蒼王體內。

鐵月和蒼王同樣在練習羅氏先天功，鐵月明顯更聰明，牠已經修煉出真氣，蒼王則沒做到這一步。當羅昭的真氣湧入，蒼王的毛髮豎起來，劇痛讓蒼王發出悠長的狼嚎，黑色巨狼加速衝過來，擔憂地看著痛苦的蒼王。

蒼王猛然人立而起，羅昭如同小樹懶在背後摟著巨大的蒼王，真氣依然洶湧灌入，蒼王站起來後開始打拳。聶無淵他們看得睜大眼睛，這是羅氏先天功？一頭人狼也要成為超武弟子？

羅昭湧入的真氣如同種子，早就熟悉了羅氏先天功拳法的蒼王出拳中，凜冽的爪風呼嘯，真氣在蒼王體內湧動，在羅氏先天功的刺激下，第一縷真氣在蒼王體內誕生，源自羅昭而誕生的真氣匯流，蒼王終於不再感到痛苦。

羅昭鬆開手，蒼王依然忘我出拳，羅昭盤膝坐下，從高山奔流的真氣如同瀑布，越向下速度越快。

鐵月握著短刀指著湊過來的黑色巨狼，滾，別湊過來。

羅昭體內真氣奔流，如同驚濤駭浪拍打礁石發出轟鳴，蒼狼騎士自發環繞羅昭，警惕地看著周圍。

蒼王渾身大汗淋漓，羅昭灌入牠體內的真氣被牠在一次次施展羅氏先天功的過程中消化，變成了自己的真氣。

黑色巨狼抬頭，驚奇看著明顯更像是一個人的蒼王，真氣洗伐，蒼王的毛髮脫落了許多，彎曲的狼腿也更加粗壯。

真氣化作流瀑，已經落地，海在哪裡？羅昭努力感知，為何不見海？登山之前，羅昭隱約有所感悟，他甚至在自己體內隱隱看到了高山的存在。

為何登山之後不見海？真氣落地，開始四處蔓延，羅昭靜靜等待，甚至看不到真氣流淌向窪地，就是在高山之下肆意蔓延。

難道高山之下就是海？空蕩蕩的海？羅昭有些絕望，那得多少的真氣才能填成一片海？

真氣入海，沒什麼特殊的地方啊。羅昭坐在那裡發呆，不應該這樣，難道是真氣太少，導致沒辦法形成量變引發的質變？

真氣登山化作流瀑，恐怖的衝擊讓羅昭經脈有些受傷，羅昭默默感知片刻，因為及時疏導進入蒼王體內，導致內傷不重。

羅昭睜開眼睛，就看到雄壯的人狼摟著黑色巨狼，這畫面有些違和，怎麼看怎麼覺得怪異。

蒼王體內誕生了真氣，羅昭看了看天色，還能繼續趕路。羅昭起身，蒼王戀戀不捨地推開黑色巨狼，重新化作巨大的蒼狼。

從某個蒼狼騎士那裡蹭來一支香煙的鐵月連蹦帶跳竄到蒼王背上，引發蒼狼騎士的哄笑。這猴子，真的是猴精，尤其是索要香煙的動作，絕對是資深的老煙民，蒼狼騎士給牠點燃香煙的時候，牠還會用爪子拍拍對方的手背表達謝意。

黑色巨狼看羅昭的眼神不再充滿警惕，而是頗為期待，蒼王的變化黑色巨狼看在眼裡，成為羅昭的召喚獸好像有好處。

人熊吞噬域境人熊的心臟，黑色巨狼垂涎三尺卻不敢湊過去，鐵月和蒼王能夠化作人形，人熊有資格享用最有價值的熊心，黑色巨狼眼饞了。

夜色降臨，羅昭他們在一個背風的山丘下露營，沒有攜帶帳篷與睡袋，只有各自的斗篷。羅昭的行囊最簡單，裡面裝著兩盒雪茄，行軍乾糧和飲水是蒼狼騎士們攜帶。

看到沒好吃的，黑色狼群自己在捕獵野兔和類似田鼠的小生物填飽肚子，羅昭簡單吃過晚餐，他打開一盒雪茄，鐵月非常自然地伸爪子，還是豎起兩根指頭做出夾煙的動作。

羅昭遞過去一支雪茄，化作人形坐在旁邊的蒼王也伸出爪子，羅昭愣了一下，繼續遞過去雪茄。

聶無淵涎著臉也湊過來，羅昭自己叼著一支雪茄，直接把煙盒遞給聶無淵。

聶無淵乾笑說道：「主要是兄弟們想嘗嘗味道，這東西挺貴的，以前只有老團長才有資格享用。」

羅昭另一盒雪茄也遞過去，說道：「一起分了。」

聶無淵假客氣說道：「不給您留幾支？」

羅昭說道：「如果路程順利，我們兩天就能抵達，我煙癮不大，以前寂寞的時候才抽煙。」

聶無淵坐在羅昭身邊，給羅昭點燃雪茄，然後給鐵月和蒼王也點燃雪茄，無視蒼狼騎士們憤怒的眼神，他非常自然給自己也點燃雪茄說道：「狼主，您說您在異域戰場這麼搞，皇帝會不會多心？」

羅昭瞄見夜色中一個個蒼狼騎士豎起耳朵，鄧有成也伸長了脖子，羅昭靠著山壁說道：「帝國的困境比想像中麻煩，天雅帝后的親族勾結了如歸門的域境殺手，還有些不方便說出口的隱秘勾當，皇帝很失落。以前帝國對蒼狼騎士團的冷落，有很大的原因是天雅帝后親族做手腳，他們不會容忍皇帝有所依仗，知道這些就行。」

「天雅帝后的妹夫和弟弟是我下令殺的，有許多貴族猜到了，所以稱呼我為黑心羅，我不在意的。不服氣？那就繼續殺。」

聶無淵吧嗒嘴說道：「牛逼，狼主的膽子比域境人熊還大。」

羅昭說道：「適逢其會，我不介意弄髒自己的手，反正底層爬出來的。幾個月前的我可以說是一無所有，你說我怕什麼？蒼狼騎士和預備隊吵來吵去，我不干涉，為何？要讓皇太女知道，彼此有摩擦的部下才是好部下。」

「但是你們可別真傻到自相殘殺，這一次帝國的年輕顯貴幾乎全部進入異域戰場，我猜想未來幾十年的朝廷大佬，幾乎全部出自他們。蒼狼騎士不需要討好貴族，誰的面子也不需要給，你給他們面子，那就意味著對皇室不忠誠。」

聶無淵抓耳撓腮，可恨趙維這個傢伙不在，如果這個老陰逼在，肯定直接讀懂了狼主的意思。

聶無淵沒啥腦子，他帶來的三十個蒼狼騎士顯然也是如此，最可氣的是明明腦子不夠用，還非要做出冥思苦想的樣子。

羅昭說道：「沒那份智慧就別瞎尋思，未來蒼狼騎士團會回歸，會成為守護皇室的最忠誠部下，所以不長腦子也好，讓人看著放心。」

聶無淵頓時揚眉吐氣，守護皇室的忠誠部下肯定比衛戍部隊更放心，估計會成為皇宮的侍衛。

聶無淵惡狠狠吸了一口雪茄說道：「狼主，你說鐵副團那娘們能行嗎？這要成為守護皇室的中堅力量，我擔心那娘們能力不足。」

羅昭驚詫地看著聶無淵，說你沒腦子，你還真的說話不經過大腦。

羅昭問道：「你看誰合適？」

聶無淵說道：「其實趙維那傢伙算計多，估計他能熬出頭。」

羅昭說道：「有的時候聰明誤事，我們回去之後你肯定會察覺到鐵楚女和皇太女的關係極為友好，皇室成員比想像中精明。」

聶無淵夾著雪茄的手指撓著頭皮說道：「不應該啊，鐵副團搶了皇太女的男人，這還能忍？」

蒼狼騎士們沒心沒肺的笑聲響起，羅昭說道：「葉修羅和皇太女的關係不好嗎？詹少柔與皇太女生分嗎？葉修羅是夜家的族長，夜家的老祖宗夜天子在保護皇帝，夜家的精銳更是成為了夜魔戰隊的主力，你說皇太女會對葉修羅不好？青葉公爵把他的侄女塞給我，雖然沒人對我詳細講解，我也能猜到青葉公爵在原本的三大公爵中肯定勢力不小，他把詹少柔送過來，那就表明了青葉公爵這一派系的人會全力支持皇室。」

聶無淵硬是琢磨半天才說道：「鐵副團幾乎是直轄蒼狼騎士團，皇太女肯定要盡力拉攏。嘖嘖，娘們之間的戰爭兇險，腦子不夠用玩不起，我估計鐵副團肯定沾沾自喜，覺得皇太女欣賞她的忠誠與勇敢，想不到這些彎彎繞繞。」

羅昭說道：「這也叫彎彎繞繞？萬古山莊的少莊主才是真正的心眼子太多，萬古山莊是待價而沽，還得掂量我的分量，挺有意思的。」

聶無淵覺得累，想這麼多不辛苦嗎？聶無淵看到鄧有成聽得津津有味，他大聲喝斥道：「你聽得懂嗎？別躲，我問你，你蠱惑狼主去做什麼？」

鄧有成竭力躲閃說道：「當年我藏了幾件武器，應該是最適用於少狼主的特殊武器。」

聶無淵勃然大怒道：「還敢藏私？你不知道老團長的規矩？私藏戰利品，斬手。按住他，我把他的賊爪子剁掉。」

羅昭說道：「這件事情算不到他頭上。」

聶無淵怒道：「沒規矩還了得？狼主，這件事情絕對不能就此善罷甘休，否則他會帶壞許多人。」

羅昭說道：「嚇一下就行了，我急需趁手的兵器，這件事情不讓更多人參與，就是擔心洩露秘密。」

聶無淵左右看看，忽然靈機一動問道：「是不是偶然撿到的？」

鄧有成急忙說道：「對，對對，就是偶然撿到，也沒機會上繳。這一次隨著少狼主進入異域戰場，我才想起來。」

聶無淵說道：「這不就對了，可不能讓蒼狼騎士養成偷東西的習慣，我老聶最看不得這個。」

老憨問道：「大哥，以前咱們偷……」

聶無淵瞪大眼睛吼道：「偷什麼？你娘們偷漢子了？咱們什麼時候偷過東西？我們都是搶的。雪茄不能浪費，三個人分一支，輪著來。」

羅昭啞然失笑，誰也不是好東西，還非得做出大公無私的樣子。用腳趾頭去想，也能想到蒼狼騎士肯定不守規矩，聶無淵發作，更像是嫉妒鄧有成討好羅昭。

蒼王大聲咳，雪茄的煙霧吸到肺裡，這滋味不好受。黑色巨狼趴在蒼王附近，豔羨地看著蒼王吸雪茄，這姿勢老帥了。

幾乎是沒有任何負累，第二天黎明小隊伍就出發，數十頭健壯的黑狼尾隨，看著去隊伍並不孤單。

狼群適合長途跋涉，反倒是蒼狼騎士們的坐騎需要適當休息，鐵甲犀短途衝刺能力強，還身體強壯，短板就是長途行軍會累。

多年前蒼狼騎士團成功俘獲一大群鐵甲犀，之後就不斷捕獵，成功讓數百個蒼狼騎士封印了鐵甲犀，從而讓蒼狼騎士團的鑿穿敵人防線能力飆升。

第二天的黃昏，遠遠可以看到巍峨的殘山，殘山腳下就是當初鄧有成藏匿武器的敵方。那一次是蒼狼騎士團獵殺一個土著的隊伍，繳獲了不少戰利品，鄧有成就從中藏匿了幾件看著很有特色的武器。

因為意外受傷退役，鄧有成就沒有說出這個秘密，這一次隨著羅昭再次進入異域戰場，沒什麼絕活的鄧有成就想到了那幾件兵器作為晉身的資本。

黑色巨狼看到殘山，牠眼神明顯暗淡許多，當初黑狼群也算是殘山一方諸侯，只是後來悲慘了，被一群強悍的雙頭狼打敗，從此開始流浪。

黑色巨狼並不知道羅昭的目的地是殘山，因此牠帶著數十頭最健壯的黑狼隨行，早知道羅昭是前往殘山，黑色巨狼肯定帶著整個族群反撲，藉助羅昭的力量報仇雪恨。

第五章

狼族盟約

這一次接近殘山，是精銳小隊出行，聶無淵率領的三十個老蒼狼騎士，忠誠度毋庸置疑，戰力也足以讓人放心。

羅昭的目的是找到被埋起來的武器，然後迅速返回，現在還不到幫助黑狼群復仇的時機，或者說黑狼們還沒展現出足夠的誠意。

偌大的黑狼群，竟然遲遲沒有讓超武弟子全部轉化為天雅狼騎兵，這不是超武弟子的問題，而是黑狼不配合。從殘山逃離的黑狼群也有數千頭，可想而知黑狼群的敵人有多可怖，現在的羅昭還需要繼續練兵，沒有足夠的實力之前，他絕對不會招惹那種打不過的強敵。

夜色正好，可以悄無聲息接近殘山附近，羅昭沒有讓聶無淵他們跟隨，蒼狼騎士需要養精蓄銳，若是遇到危機，逃跑也能發揮出速度優勢。

羅昭帶著鄧有成向著遠方前進，黑色巨狼猶豫著也跟了上去，數十頭健壯的黑狼自然如影隨形。

統御數千頭的黑狼，黑色巨狼智商很高，明知道接近殘山很危險，牠依然決定跟上去看看。

鄧有成騎著自己的變異角馬，他沒撈到鐵甲犀，主要是在那之前他就有了自己的坐騎，速度不錯，角馬的衝撞力也相當可觀，而且耐力很好。

夜色中兩個人一言不發，鐵月握著短刀坐在羅昭前方，在他們身後數十頭黑狼如同夜色中的幽靈。

殘山是狼族的領地，各種變異狼統治著這座殘缺的高山，夜色中明月高懸，映照得殘山更加幽靜。

鄧有成左手握著戰刀，沒有蒼狼騎士跟隨，鄧有成第一任務是保護羅昭，如果羅昭發生危險，鄧有成自己死定了，他的家人也完蛋了。

因為退役之後留在帝都，鄧有成對於羅昭的瞭解比蒼狼騎士們多，聽著羅昭的傳奇，逐步瞭解這個被老團長指定為繼承人的少狼主。羅昭對於天雅帝國的重要性有多高，這個不需要多聰明就能理解，鄧有成是為了求榮，可不想找死。

唯一可以安慰的是藏匿武器的地方在殘山之外，距離殘山還有一段距離，只要挖出武器就走，殘山的狼群也追不上。

蒼王的毛髮逐漸豎起來，接近殘山，遍地的狼尿和狼糞味道，讓蒼王直覺到危險。

鄧有成指著右前方，那裡有一個亂石嶙峋的小山丘，武器就藏在那裡。羅昭點頭，駕馭蒼王跟著鄧有成無聲接近。

來到小山丘附近，鄧有成跳下來，握著戰刀快步走過去，埋藏的地方沒有被挖掘的痕跡，證明問題不大。

正常人誰能想到殘山附近藏著超凡者沒有辦法使用的武器？除了土著，就沒有人能夠發揮這種武器的威力。

羅昭忽然抬頭，鄧有成在山丘下挖掘，山丘上一個枯瘦的人影不知道什麼時候出現。羅昭下意識夾緊雙腿，蒼王抬頭，羅昭口乾舌燥，這大半夜的，嚇死人的節奏。

這裡不是別的地方，是狼群盤踞的殘山，哪怕是出現一頭域境狼王，羅昭也不至於如此驚悚。

羅昭跳下來，左手摩梭著蒼王的腦袋讓牠別慌，羅昭握著匕首緩步走向小山丘，聽到腳步聲的鄧有成說道：「少狼主別急，武器肯定在，沒有被人發現。」

羅昭沒言語，而是抬頭看著小山丘上的老者，察覺不對勁的鄧有成抬頭，一句「操」，直接坐在了戰刀挖出來的土坑中。

羅昭輕聲說道：「朋友，深更半夜，殘山相逢，也算是有緣，天雅帝國羅昭。」

枯瘦的人影轉頭看著緩步登上小山丘的羅昭，用遲緩的聲音說道：「外域的人。」

鄧有成顫聲說道：「少狼主，跳下來，我給你斷後，走。」

羅昭說道：「來了，就不能怕，既然能夠交流，那就證明有合作的可能，別說話，安心挖掘。」

月光下看得清晰，這是一個上了年紀的老者，滿頭蕭索的白髮凌亂，他手中握著一根細長的金屬杆，應該是半截戰槍的槍桿。

老者看著羅昭再次說道：「外域的人。」

羅昭說道：「對，你說的是天雅帝國的官話，足以說明你對天雅帝國不陌生。」

老者說道：「天雅帝國，蒼狼騎士團。」

羅昭說道：「我就是蒼狼騎士團的團長，他們稱呼我為狼主，或者少狼主。」

老者飄忽目光掃過小山丘下的蒼王與黑狼群，又看了看羅昭腳下的鐵月說道：「你的座狼應該也來自外域。」

羅昭說道：「蒼狼，很久以前我的叔爺被蒼狼救過，因此他把自己組建的騎士團命名為蒼狼騎士團。」

老者說道：「蒼狼騎士團很弱，人手太少了。」

羅昭說道：「現在不同了，我接管蒼狼騎士團，從天雅帝國帶來了兩千多個鐵壁境界的高手。」

老者問道：「你也是鐵壁境界？」

羅昭說道：「不，我不是超凡者，而是自創超武的宗師。」

老者眯起眼睛，當磅礴的精神力掃過，羅昭眼眸炸出精光，催動精神力抵禦老者突如其來的精神力攻擊。

鐵月齜牙，握著短刀盯著老者獸皮袍子的胯下，只要羅昭點頭，鐵月就會給老者來一個宮刑手術。

蒼王感知到了危機，牠全身毛髮豎起來，齜牙向上攀登。

只有左臂的鄧有成快哭了，這是哪路高手？鄧有成快嚇尿了。

老者頗為意外，沒有從羅昭身上感知到超凡氣息，而且精神力不俗，自創超武？這是什麼東西？

老者手中的槍桿猝然刺向羅昭，羅昭手中的匕首向前刺，精准點在了槍桿的頂部。爆炸聲響起，灌注真氣的匕首沒有刺穿槍桿，槍桿也沒有辦法突進，武器撞擊，彼此蘊含的力量爆發，導致發出了爆炸般的轟鳴。

羅昭體內真氣奔流，他手中的匕首藏在手腕處，身體從槍桿下竄出，匕首對著老者腋下割去，鐵月和蒼王同時發起衝鋒。

老者掄圓了槍桿，蒼王直接被打飛，鐵月奸詐，叼著短刀四肢並用貼著地面前衝，幸運避開槍桿。當羅昭揮動匕首擋住槍桿的聲音響起，鐵月竄起來，短刀對著老者褲襠位置刺過去。

老者抬腿一腳，直接把鐵月踹向羅昭，羅昭左手攬住鐵月卸去衝擊的力量不斷後退。

鄧有成吼道：「騎上我的角馬，現在就跑，你聽得懂人話嗎？你活下去，否則天雅帝國就完了。」

羅昭把鐵月放下，兩次正面硬剛，加上鐵月的撞擊，羅昭氣血翻滾。

老者重新拄著槍桿說道：「這就是超武？很新穎，只是不夠強。你多大了？人類的年齡，我不太看得懂。」

羅昭說道：「十六，兩個月前自創超武，我自封為一代宗師。請賜教。」

老者說道：「十六歲，很嫩。」

羅昭一本正經地說道：「我的骨頭很硬，意志更硬，甚至無法通過安檢，因為我的鋼鐵意志會引發警報。」

鄧有成聽得懵逼，早聽說少狼主愛吹牛逼，但是你能不能分場合開這種無聊的玩笑？會死人的。

老者看著爬起來的蒼王，蒼王抓住一塊石頭，化作人狼準備撲上來，老者說道：「你的召喚獸全是這個樣子？正在進化為人形？」

羅昭說道：「第三頭召喚獸是人熊，現在還沒有變化。」

老者說道：「沒有傷害過狼群？」

羅昭說道：「狼族是我朋友，黑狼群從殘山逃亡，是自願跟著我，我沒有強迫牠們。」

羅昭說到這裡回頭，看到黑狼群跪在地上，甚至頭也不敢抬。我日，這是遇到殘山大佬了？

羅昭收起匕首說道：「天星境界的老狼祖宗？」

老者說道：「眼力不錯，遇到過我這樣的變異獸強者？」

羅昭說道：「我有一個天星境界的變異獸女朋友，睡過，所以我對變異獸強者不恐懼。」

老者狐疑看著羅昭，方才你說什麼鋼鐵般的意志是什麼意思，我不大聽得懂。但是你有天星境界的變異獸女朋友？這是不是人類所說的那種炫耀方式，俗稱吹牛逼？

羅昭問道：「很震驚是不是？」

老者真的拿不准，主要是羅昭的力量極其詭異，的確不屬於超凡力量，而是一種全新的力量體系。

老者左手彈指，鄧有成眼睛翻白昏了過去，羅昭下意識繃緊身體，老者說道：「狼群帶回了消息，不需要開口，我就從風中嗅到了許多資訊，這個落敗逃走的黑狼群，是自願跟著你。少年，你有一支規模不錯的大軍，我認為可以彼此合作，不介意與狼群結盟吧？」

羅昭說道：「當然不介意，我的天星境界女朋友，現在是天雅帝國的護國女神，你未來可以慢慢打聽。」

老者說道：「我不喜歡聖堂。」

羅昭說道：「這不巧了嗎？我剛剛滅殺了聖堂的執法隊，活捉了兩個聖堂的天空騎士。」

老者的目光投向蒼王，蒼王抱著石頭做出攻擊的姿態，當老者的目光投過來，蒼王眼神開始恍惚。

足足幾分鐘過去，老者說道：「我不是狼，我是狽，所以我懂得一些很詭秘的手法，你的座狼告訴我你說的是真的，那麼談一談狼族盟約吧。」

鄧有成被鐵月的大嘴巴子打醒之後，他迷迷糊糊看著羅昭說道：「少狼主，發生了什麼？」

羅昭說道：「我還想問你呢，你怎麼突然昏過去了？」

鄧有成也沒想明白，挖掘的過程很順利，為何昏了過去？難道自己身體孱弱到如此程度了？

羅昭彎腰，從碎石下面拿出一把類似破甲錐的長兵器，同樣的三棱槍尖長達兩尺，之後是全金屬的槍桿。槍桿上有模糊的花紋可以防滑，與蒼狼騎士裝備的破甲錐有些區別，整體差異不大。

羅昭握住破甲錐，當真氣灌注，破甲錐發出嗡鳴，槍身上的塵土飛揚，旋即幽暗的槍尖更加深邃。

羅昭揮槍，破甲錐還沒觸及一塊岩石，一道纖細的罡風從槍尖迸發，直接把岩石貫穿了一個細細的孔洞。

羅昭說道：「是我需要的武器，這幾件武器應該全是適用於超武弟子的特殊兵器，非常好。」

鄧有成如釋重負說道：「少狼主能夠使用就好，咱們先回去？」

羅昭說道：「好。」

鄧有成藏起來的武器有一柄破甲錐還有兩把戰刀，還有一張沒有弓弦的反曲弓。鄧有成用繩索把戰刀與反曲弓捆起來，發現黑狼群蹲伏在羅昭身後，儼然是一群忠心耿耿的守衛。

來的時候不是這樣啊？鄧有成騎上自己的角馬，羅昭轉頭看了一眼夜色中蒼茫的殘山，跳到蒼王背上，蒼王有力的大爪子掀起塵埃衝了出去。

回到蒼狼小隊休息的敵方，老憨在值夜，遠遠看到羅昭歸來，他迅速叫醒了沉睡的聶無淵等人。

看到羅昭順利歸來，聶無淵的心放了下來，羅昭獲得了急需的武器，沒有那種神采飛揚，而是神色有些凝重。

聶無淵問道：「狼主，一切順利？」

羅昭跳下來說道：「相當順利，我先眯一覺，醒了就返程。」

聶無淵說道：「您收起召喚獸，我載著您現在就走，畢竟這裡距離殘山太近，小心些沒大錯。」

羅昭把自己的熊皮大氅鋪在地上說道：「我們也有狼群，與殘山狼群算是自己人。安排人值夜，睡了。」

躺下後，羅昭摸了摸懷裡的一根骨笛，瑩白如玉，應該是狼骨，還是那種強大的變異狼留下的腿骨製成的笛子。

老狽交給羅昭的狼笛，帶給了羅昭極大的信心，與殘山狼群合作，會觸怒聖堂？羅昭不這樣想。反正天雅帝國已經成為了聖堂，至少是戰堂的眼中釘，那就來嘛，羅昭不怕把事情搞大。

夜色中有一隻渡鴉低空盤旋，聶無淵撿起一塊石頭投過去，渡鴉發出呱叫，羅昭說道：「別動渡鴉，這是信使。」

撿起第二塊石頭的聶無淵懵了，信使？誰的信使？羅昭翻身睡去，身為狼主，不需要解釋。

陽光刺眼，羅昭終於睡醒，黑色的渡鴉蹲在黑色巨狼的頭頂，儼然一副要把黑色巨狼當坐騎的架勢。

蒼狼騎士們大眼瞪小眼，羅昭睡前說渡鴉是信使，好像還真有幾分氣勢，但是這玩意會說話嗎？要不然怎麼當信使？

羅昭爬起來，渡鴉衝著聶無淵開始狂躁叫囂，似乎在聲討昨夜聶無淵準備用石頭打死牠。

羅昭沒醒來的時候，渡鴉很安靜，畢竟沒有人撐腰，很容易被打死。羅昭醒了，那就不客氣了。

羅昭伸手，渡鴉更來勁，衝著聶無淵瘋狂鳴叫，羅昭喝斥道：「閉嘴。」

渡鴉愣了一下，聶無淵幸災樂禍地說道：「真當自己是什麼大人物了？媽的，不老實把你變成烤鳥。」

渡鴉炸毛，衝著聶無淵瘋狂吼，羅昭說道：「不甘心就滾回去，否則閉嘴。」

渡鴉的鳥喙無聲翕張，羅昭說道：「有域境人熊的肉，想吃就出發。」

聶無淵騎著鐵甲犀奔行在羅昭身邊問道：「狼主，這是誰的信使？屬下沒聽明白。」

羅昭說道：「一個大佬的信使，來監督我們的分量夠不夠。」

聶無淵斜眼看著低空飛行的渡鴉說道：「蒼狼騎士團的實力爆發出來，能嚇死那個大佬。」

羅昭慢條斯理說道：「記住今天的話，未來你別後悔就行。」

聶無淵伏低身體問道：「難道是千鳥夫人派來的信使？」

羅昭嘆口氣說道：「不是她，千鳥應該來到了異域戰場，只是她有可能迷路了，糟心，她有可能是路癡。」

殘山之上，老狽拄著槍桿，槍桿上蹲著一隻渡鴉，這是他的召喚獸。渡鴉有一種神奇的能力，一隻渡鴉遭遇危險或者新鮮事，可以第一時間同步給同伴。

聽懂了渡鴉的語言，就等同於擁有了無數的耳目，聖堂曾經嘗試捕捉渡鴉，研究渡鴉的秘密，只是從捕捉第一隻渡鴉開始，聖堂的人根本見不到渡鴉，渡鴉見到聖堂的標誌，會第一時間遠走高飛。

傷害渡鴉的人，會被所有的渡鴉標記為敵人，絕不原諒。聶無淵現在就中招了，今後所有的渡鴉會記住這個滿臉毛鬍子的大惡人。

返程的時候羅昭速度不快，用了兩天時間回到了龐大的行軍隊伍，渡鴉興奮地衝到半空，居高臨下從頭到尾檢查整個隊伍。

天雅人認為烏鴉晦氣，渡鴉比烏鴉大許多，因為也是黑色，所以隊伍中有人張弓準備射下來這隻礙眼的傢伙。

聶無淵追逐著渡鴉的聲音大吼道：「這是狼主的信使，嚴禁傷害，把弓放下。」

被放在一頭沙曼獸背著的鐵籠子裡面的曼尼抬頭，渡鴉？這是聖堂費了許多心機也沒搞定的特殊變異獸。

渡鴉也發現了關在籠子裡的威廉姆斯和曼尼，渡鴉飛下來，呱呱叫著盤旋好幾圈才離開。

處在鐵楚女率領的親隨保護圈中間的簡古嵐露出笑容，羅昭終於回來了，這幾天簡古嵐寢食不安，唯恐羅昭發生意外。

十三門徒有的騎著座狼，有的小跑衝向羅昭，羅昭說道：「晚上宿營的時候，沒有座狼的超武弟子，全部做好準備。」

柳慕楊不安說道：「師父，我不想用強制的手段，我想自己降伏黑狼。」

羅昭說道：「不強迫，咱們講道理，黑母帶著的黑狼群看到沒有？自己挑選順眼的一頭。」

黑色巨狼身邊跟隨的黑狼，明顯毛髮油亮，體型壯碩，這相當於黑色巨狼的近身護衛。十三門徒沒有打牠們的主意，是擔心這頭被羅昭成為黑母的黑色巨狼憤怒。

許芊芊滿臉憂傷說道：「師父，我咋辦？」

許芊芊封印的是一頭母蒼狼，體型還很瘦弱，不能說沒辦法承載許芊芊，就是許芊芊騎狼的時候，雙腳會觸及地面，等待母狼成長起來，沒幾個月的時間做不到。

當時許芊芊的想法是先封印一頭蒼狼，至少名義上是天雅狼騎兵了，誰能想到發生蒼狼騎士團遇襲，羅昭不得不放棄北地之行，匆匆趕赴異域戰場？

黑狼群中良莠不齊，黑母身邊的黑狼雄壯，比不上蒼王，也比尋常的蒼狼更威猛。

機會就在眼前，但是許芊芊剛封印了一頭母蒼狼，現在沒能力封印更多的黑狼。

羅昭也沒辦法，除非許芊芊能夠讓母蒼狼反哺，否則她沒可能短時間封印第二頭召喚獸。

羅昭不想打擊許芊芊，努力半天說道：「想辦法增強精神力，爭取封印一頭黑狼。」

許芊芊眼神明亮說道：「可以封印黑狼？」

羅昭警惕，不是吧？妳精神力增長這麼快？羅昭說道：「體會到第一顆召喚星反哺的力量？」

許芊芊露出小白牙，羅昭歪頭，許芊芊歡呼衝向一頭黑狼。原本對於聶嬰頗有怨念的門徒們險些崩潰，為什麼？為什麼許芊芊也能脫穎而出？

羅昭對簡古嵐頷首，說道：「沈管家，邀請莫行持與冷為名和寒襄過來，讓洛天時也過來，召開一個緊急會議。」

聶嬰沒有離開，她和幾個封印了座狼的門徒留在羅昭身邊，看到沈承領命而去，聶嬰喜滋滋說道：「師父，出了一百七十四個超武弟子，說好的。」

羅昭眼神亮起來，離開的這幾天，誕生了一百多個超武弟子，這個速度可以啊。

學習羅氏先天功，需要嫻熟掌握，之後才是突破的過程，最先突破的輔助部隊戰士，自然是天賦最高的那個群體。而接下來的日子才是收穫的時節，不需要許多，兩千人能突破就是羅昭心裡的目標。

羅昭說道：「妳們均衡著分配，最先突破的超武弟子肯定天賦最好，每個人麾下湊足一百人，之後優先分配給聶嬰。」

仇少凰輕聲說道：「師父，伊人偷偷哭過。」

羅昭「嗯」了一聲，肯定是有壓力了，聶嬰連續兩次搶先突破，更在藍天使騎士團來襲的時候，製造慘叫聲把藍天使騎兵團引入了黑狼群的包圍圈。薛伊人作為走後門晉升的天雅狼騎兵副隊長，肯定壓力如山，天賦比不過聶嬰，腦筋也明顯是聶嬰更優，薛伊人這個依靠薛展弄來的身份就尷尬了。

羅昭說道：「趙菲，你去勸慰薛伊人，我這個貴族身份也是靠運氣來的，薛伊人這個副隊長，還沒有展現風華的日子。」

第六章

殘山狼堡

洛天時趕到的時候，是帶著兩個校官，大約四十多歲左右，這個年齡的少校，已經上升希望不大。

看到莫行持與冷為名已經到達，寒裏正在另一個方向趕過來，洛天時讓兩個部下止步的時候，看到叼著雪茄的羅昭舉起三根手指，向自己的方向做手勢。

就知道將軍會給自己面子，洛天時露出笑容，同時低聲說道：「該表現的時候，不要低調，說錯了將軍也不會責怪，最多是錯過晉身的機會。但是不開口，肯定沒機會。」

洛天時三人抵達，鐵楚女抬了抬下頜，數十個蒼狼騎士立刻圍成圓圈，背對著羅昭他們，監督外面有沒有人接近偷聽。

洛天時帶著兩個軍官敬禮之後坐在馬紮上，羅昭說道：「人到齊了，洛將軍帶來兩個軍官，顯然是有某些方面的專長，我先說明此次會議的議題，不兜圈子，我們要主動出擊，你們給出建議。」

莫行持從自己的袖子裡取出地圖，一直在不斷在腦海中判定大軍所在的位置，同時勾畫未來的前進方向。

洛天時帶來了兩個軍官，莫行持決定穩一手，寒襄不是參謀型的人才，羅昭也沒在意，讓寒襄成為參謀，更像是給他的一種榮譽。

洛天時正準備給兩個部下引薦，寒襄出人意料地說道：「將軍，我們需要幾場野戰，真正的精兵需要苦練，更需要實戰。死了戰友，深切理解戰爭的殘酷，合擊秘法才能更好被他們領悟。」

羅昭說道：「這一次會議的目標就是出擊，如何出擊，選擇哪個敵人下手。還有就是我們未來會圍繞殘山進行不斷地戰爭，記住，圍繞殘山。」

渡鴉大模大樣落下來，沈承說道：「給信使準備域境人熊的肉，這事交給楚瑜，當作貴賓招待。」

楚瑜走進來，對渡鴉伸手，渡鴉真的飛到了他的手臂上，楚瑜歡喜說道：「你自己選擇，各個位置的精品肉，全有。」

楚瑜馱著渡鴉離去，冷為名問道：「少狼主，這個貴賓來自殘山？」

羅昭眯著眼睛笑，洛天時心跳加快，竭力控制激蕩的心情說道：「我們圍繞殘山戰鬥，是因為有盟友關注？」

羅昭依然只是笑，一個少校霍然站起來說道：「將軍，我見過一個與此相似的戰例，那就風箏戰術，看似凌亂出擊，無跡可尋，實則有一個無形的線牽扯。當初實戰風箏戰術的指揮官，名聲並不大，因為後世人認為他指揮的部隊配合不夠好，更不明白他這樣的作戰意圖，我是在軍事學院翻閱資料的時候才發現。」

羅昭說道：「給他地圖，詳細地講。」

莫行持用紅筆把自己所在的位置用紅筆圈起來，免得這個少校找不到大軍所在的正確方位。

這個善意的舉動讓少校看懂了，他蹲在地上把地圖攤開說道：「殘山是一片山脈的統稱，周長超過千里，周圍據我所知涉及到四個國家實際控制的領地。將軍希望練兵，我想優先選擇一個不是那麼強的國家，身為彩虹騎士團一員的赤色烈焰騎士團，道奇公國，被人稱之為國中哈士奇，口氣極大，實力一般。屬下的建議是讓預備隊優先上陣，蒼狼騎士團作為輔助，目的不是直接搗毀赤色烈焰騎士團，而是把他們打疼，逼迫他們向同為彩虹騎士團的盟友求援。」

「蒼狼騎士團真正的目的是打援，來一個打一個，天雅狼騎兵若是成型，那麼行動迅捷，耐力悠長的座狼，將會發揮無與倫比的襲擾優勢。在這種看似欺負人的戰鬥中，讓預備隊儘快歷練出來，讓蒼狼騎士團更好掌握合擊秘法，讓天雅帝國打造出兩支拳頭戰隊。」

鐵楚女在周邊，與簡古嵐她們一起聆聽，聽到這個軍官打造兩支拳頭戰隊，鐵楚女站在沙曼獸背上罵道：「去你媽的兩支拳頭戰隊，預備隊拿什麼與蒼狼騎士團對比？」

少校不言語，羅昭吼道：「閉嘴。」

鐵楚女悻悻閉嘴，羅昭丟過去一支雪茄說道：「繼續說，我很有興趣。」

少校的手指在地圖上移動說道：「屬下不知道將軍的全盤想法，只能猜測我們在殘山有強援。在我們招惹一個個敵人的時候，要防備聖堂的戰堂，這個強敵我實在陌生，不知道我們有沒有高手來應對。」

羅昭說道：「戰堂，你就當不存在，戰堂的高手若是到來，他們會體會到什麼叫做驚喜。你優先考慮敵人的騎士團，圍繞這個做出佈局。」

少校的手指停頓說道：「這裡是殘山突出部，如果可行的話，屬下建議在這裡修建一座堡壘。大軍不斷征戰，需要有一個休養生息的地方，咱們有足夠的輔助部隊戰士，開鑿岩石並不難，難的是不敢招惹殘山的狼群。」

羅昭說道：「這個參謀的身份合格。」

洛天時站起來說道：「偵察大隊的隊長，景幽蘭。」

羅昭說道：「現在起，加入參謀團隊。」

景幽蘭沒有起身敬禮，而是直接單膝跪在地上。

羅昭說道：「幾個月前，多王妃要給我建造一座狼堡，我想自己建造。景參謀的提議，讓我很歡喜，我的狼堡就要建造在殘山，這才名副其實。」

冷為名說道：「少狼主，狼堡建立在殘山，屬下就心裡有數了，或許天雅狼騎兵將會迅速形成一支可觀的戰力，每一個超武弟子來之不易，這是超武的火種。如果少狼主同意，我想與狼騎教官們，先帶著天雅狼騎兵進行簡單的戰術訓練，數百人的班底夠用，他們學會了基礎戰陣，未來更多的超武弟子誕生，可以迅速傳幫帶，讓新加入的天雅狼騎兵融入其中。趙伯農會訓練變異獸，但是我懂得排兵佈陣，願意為帝國盡一份力，博取一份功勞。」

羅昭說道：「騎射、套馬索、遊弋式進攻，按照這個標準去訓練。」

冷為名說道：「明白，他們會日常攜帶三天的飲水口糧，形成定例，為的是隨時能夠進行三天的野戰。」

羅昭很欣慰，退役的蒼狼騎士不是沒人才，只是沒機會表現。

羅昭說道：「鄧有成表現不錯，給他更多表現的機會。」

冷為名明白，肯定是鄧有成討好成功，有了這句話，未來鄧有成就算是熬出頭了。

冷為名不明白的地方是，不就是尋找了幾件武器嗎？少狼主應該沒有眼皮子這麼淺才對，鄧有成如何表現，才能讓少狼主如此信賴？

羅昭的目光落在另一個少校臉上，這個少校站起來說道：「將軍，我的能力很平庸，比較善於守家。」

羅昭說道：「有什麼具體的說法？」

少校說道：「因地制宜，因人而異，若是將軍修建狼堡，屬下可以考察當地的環境，佈置相應的阻攔敵人手段。陷坑、陷阱、不定期暗哨、流動哨崗，這是參考上一次主將背叛，屬下想出來的應對方案。若是想要避免類似的情況發生，應該建立完整的防禦通訊系統，那就是幾支戰隊各自派人，組成聯合守衛隊，不敢說輔助部隊依然有叛徒，當然不能不對此做出準備。」

羅昭說道：「今後參謀團與我一起進餐，你的名字。」

少校起身併攏雙腿說道：「閻韶年。」

羅昭說道：「現在起就通知各個隊伍，組成聯合守衛隊，這樣做可以增加不同戰隊之間的接觸，交情就是一步步誕生。每三天，聯合守衛隊的成員變更一次，爭取讓核心成員全部輪換。這件事情你與各個戰隊的首領磋商，你代表我去運作，守衛隊額外增添一個功能，那就是現場執法的權力，你們自己去琢磨。」

閻韶年抿嘴敬禮，代表羅昭去運作，那就意味著沒人敢反對，更不敢不配合，敢對聖堂的天空騎士下死手的將軍，威懾力不是一般的恐怖。

現場執法的權力，這就炙手可熱了，而且不同戰隊的成員組成守衛隊，自然涉及到對不同戰隊的違法現象處理，這樣明顯公平許多。

閻韶年很清楚這個權力燙手，他是參謀，可以近距離接觸羅昭。做好這個職務至關重要，聯合守衛隊的隊長他絕對不會接受。

大軍的權力核心是羅昭的參謀團隊，看似沒有實權，但是可以隨時領羅昭的命令去傳達命令，更有機會經常覲見皇太女，這才是未來的真正資本。

現在領命帶隊，必然和羅昭經常見面的機會減少，而且權力越大越遭人恨，因此最聰明的做法就是成為心腹參謀，展現自己的才華，為了未來女皇登基的家族崛起而做儲備。

莫行持盯著地圖，殘山若是成為天雅帝國的後盾，有太多的操作空間，現在不是打敗敵人的問題，而是如何利用敵人而練兵。

這對敵人很殘忍，對自己人更殘忍，無法承受大浪淘沙，必然要被無情淘汰。但是好處是熬過去了，那就是真正的百戰精兵。

莫行持遲疑良久說道：「將軍，給不給貴族子弟一個機會？」

羅昭沒回應，莫行持頓時心驚，提出錯誤的建議了。

羅昭發現莫行持有些尷尬，他緩緩說道：「貴族子弟比較矜持，嚴格的家教與優越的環境，讓他們不可能如同超凡者一樣努力表現，他們需要找到十拿九穩的機會才會表現自己。貴族的身份不僅僅是榮耀，也是壓力，讓他們不敢輕舉妄動，一個人被嘲諷，是整個家族丟臉。」

「和我不一樣，我是光腳的，不在乎臉面。你去摸底，看看他們有誰在暗中低調做事，有誰在盡力維繫隊伍的團結，不是每個人皆有超長的天賦，絕大多數人只要踏實做事，一步一個腳印，未來就不會太遜色。畢竟你不能指望每一個人都和我一樣有能力創造超武，換句話說，如果有天賦的人遍地皆是，還能輪得到我出頭？」

簡古嵐微笑，這毛病改不過來了，不吹幾句嘴乾，實在是被他自吹自擂的習慣給打敗了。

羅昭說他光腳的不在乎臉面，簡古嵐很清楚羅昭最在意臉面，只是在許多小事上不在乎。

莫行持試探著說道：「將軍的意思是對貴族子弟和超凡者們的標準不一樣？」

羅昭說道：「如果說潛力，絕大部分貴族子弟的後勁沒有爆發出來，當然也是欠缺一個出頭的機會，但是這裡是戰場，我要的是能打的戰士，而不是一個個矜持且穩重的貴族少爺兵。你去找谷皐說一聲，讓有能力的貴族子弟出頭，把貴族子弟整編起來，讓那些不願意出頭的傢伙編入隊伍中，既然不搶著出頭，那就看著別人出頭。」

莫行持輕聲說道：「整編，就意味著給貴族子弟露臉的機會，沒有您在場，貴族子弟會撕下偽裝，開始拉幫結夥的搞小團體，誰也不會錯過搶佔先機的機會，他們太清楚這個關口有多重要。」

羅昭說道：「身處狼群，一群哈士奇還拿捏個屁？給我內部亂起來，不管使用什麼手段，有能力有野心的傢伙跳出來做事。過時不候，秩序建立起來，想熬出頭就不容易了。」

莫行持微笑欠身，拿捏？那要分面對誰，如果不是羅昭凶名顯赫，這群貴族子弟會循規蹈矩？

帝都血液是羅昭引發，之後紫楓伯爵和白樺伯爵被刺殺，明眼人全知道那就是羅昭下令讓夜家下手。

羅大宗師心狠手辣，帝都綽號黑心羅，這也是莫行持的堂弟本來被家族委以重任，但是羅昭把鐵壁超凡者臨時劃分戰隊的時候，莫行持的堂弟硬是不敢出頭，才給了莫行持露面的機會。

摸不清羅昭的脾氣，沒有能力或者做錯事極有可能遭遇懲罰，換做其他貴族帶隊試試？貴族子弟們的各種手段將會層出不窮，讓人頭疼不已。

羅昭上來就把鐵壁超凡者劃分為四大戰隊，迅速接戰之後填充蒼狼騎士團，組建沙曼獸團，組建預備隊，貴族子弟們屁也不敢放。

事實證明他們不敢鬧事的做法正確，羅昭面對兩撥聖堂強者，真的絲毫不怵。

老王和伊勢丹到來，羅昭和他們簽訂了契約，貴族子弟們懷疑羅昭是在虛張聲勢，根本不敢與聖堂撕破臉。

威廉姆斯和穆尼到來，貴族子弟們見到了什麼叫做兇悍，穆尼被斬斷的手指被羅昭一根根踩碎，不給穆尼治療的機會。貴族子弟們嚇壞了，和聖堂的天空騎士比起來，貴族子弟算個屁啊。

莫行持也算是有良心，還知道為了貴族子弟這個群體考慮幾分，這也是受到了谷皋舉薦寒襄的刺激，谷皋和貴族子弟們打成一片，儼然是貴族子弟中的帶頭大哥。

多親王的世子，與貴族們走得太近不好，莫行持擔心谷皋不知進退，會導致未來有危機。

皇室心狠，太子死了，天雅帝后也死了，那可是在夜天子的保護下，誰能在皇宮毒殺太子和皇后？皇帝沒有任何悲傷的表情，簡古嵐更是連回去奔喪的想法也沒有。

可想而知皇宮內鬥有多殘酷，谷皋這個親王世子依仗著羅昭信賴，與貴族子弟走得這麼近，皇太女會容忍？提議讓貴族子弟一個機會，那等於變相拯救谷皋，反正莫行持是這樣想的。

一直顯得死氣沉沉的貴族子弟們終於活躍起來，羅昭讓谷皋去帶隊，看似有四百多個鐵壁超凡者保護，問題是這些傢伙幾乎全是膽小怕事的廢物，有野心的人就爭搶著加入蒼狼騎士團，去為了自己的未來搏一把。

現在貴族子弟可以整編成軍了，這些家族爵位不同的貴族子弟，誰願意屈居人下？

在皇家超凡學院中，大貴族的子孫可以很囂張，依仗家世藐視小貴族，現在他們需要笑臉相迎，拉攏那些平時看不起的小貴族子弟。

五人為伍，十人為什，蒼狼騎士團的百人隊就可以任命為大隊長，貴族子弟數量多，百人隊也只是小隊長，統御千人才是大隊長。

天雅帝國從來沒有出現過適齡貴族子弟全部送入異域戰場的時刻，百年前東路軍主將戰死，天雅皇太后自縊，天雅帝國舉國皆兵的時候，貴族們綻放出不一樣的光彩。

在那之後天雅帝國進入相對和平的時期，貴族們沒有用武之地，每年陸續會有貴族子弟進入軍營，來到異域戰場的輔助兵團歷練。但是貴族子弟進入蒼狼騎士團太難，羅家烈是整合天雅帝國幾支騎士團的殘兵敗將，變成了帶著強烈個人風格的蒼狼騎士團，貴族子弟想來混軍功？那是活膩了。

羅家烈與貴族們的關係不融洽，與他的性格有直接的關係，這也導致蒼狼騎士團的戰功被貴族們打壓，遲遲沒有貴族誕生。

貴族出身的楚瑜僥倖出任過大隊長，只是能力不足，戰力不強，導致麾下的蒼狼騎士們也瞧不起。

現在羅昭獨攬大權，他著重整合的是鐵壁超凡者，打造出幾支戰隊，貴族子弟們竊喜又不安。羅昭把大軍整理得井井有條，貴族子弟們的安全自然有保障，但對於有野心有想法的貴族子弟來說，這等於斷絕了他們的晉升之路。

現在機會終於來了，出任小隊長，哪怕是伍長與什長，也算是有了官職。最主要的是與超凡戰隊的隊長不同，沒有帶兵打仗的可能。

天雅帝國的軍規森嚴，指揮官做出錯誤判斷，導致損兵折將，那要上軍事法庭的。這也是殘葉公爵的嫡系孫子不敢出頭的根本原因，他只是無能，但不蠢。

貴族子弟有教養，不可能如同蒼狼騎士一樣，見到好處就爹長媽短的對罵搶奪。貴族子弟的上位，需要給出未來的許諾與眼前看得到的好處。

最勤奮的是輔助部隊的官兵，他們利用午休的時間在揮汗如雨地出拳，修煉出真氣，成為超武弟子，繼而成為天雅狼騎兵，已經有一百多個同袍得到了這個機會，那就證明這條路可行。

火系的超凡者在給工匠們打下手，金屬板材需要高溫燒紅變軟，敲打成型，用來武裝沙曼獸。沙曼獸披上重甲，安裝床弩，直接把威廉姆斯射穿，好處看得見，數十頭沙曼獸全部武裝起來，沙曼獸團絕對是最具有威懾力的戰隊。

對於老王和伊勢丹承諾的填充到一百頭沙曼獸的契約，沒有人當回事，重創兩個聖堂的天空騎士，滅殺執法隊，老王和伊勢丹肯定不會完成契約。

現有的四十二頭沙曼獸就顯得至關重要，許多稍有軍事眼光的人就可以看得出來，重裝的沙曼獸團、輕裝的天雅狼騎兵，加上能夠強勢鑿穿敵人防線的蒼狼騎士團，還有躍躍欲試的預備隊，天雅大軍框架成型了。

貴族子弟兵想要撈戰功，那就只能自己獨立成軍，還得格外依仗那四百多個鐵壁超凡者，否則羅昭招惹的全是正常人惹不起的強敵，貴族子弟們不想枉死。

冷為名帶著狼騎教官們帶著十三門徒與數百個天雅狼騎兵在山丘馳騁，讓剛剛封印座狼的超武弟子適應集群衝鋒的感受，這就要求他們必須與座狼高度默契，還得適應基本隊形。

原本趙伯農要傳授超武弟子的座狼如何合作，現在趙伯農的心思全在沙曼獸團上，一箭重創威廉姆斯，這不僅僅是導致作為活捉羅昭的核心高手，更重要的是威廉姆斯被弩箭射穿，導致他沒機會下令讓執法隊放毒。

那一箭不是趙伯農射出，但是主要的戰功屬於他，這就是身為戰隊指揮官的好處，趙伯農已經憧憬自己成為貴族的光榮時刻，那一天為時不遠。

趙伯農已經逐步完善沙曼獸團的整體戰略，不動如山，動如山傾，讓敵人在無法抵禦的碾壓面前顫抖。而且沙曼獸也要學會基礎陣列，有的適用於攻擊，有的適用於防禦，還有的時候要與兄弟戰隊打配合。

沙曼獸的速度不算快，是相對於其它的變異獸，比起雙腿趕路的輔助部隊戰士來說，沙曼獸相當於重型卡車。

僅僅是午休的時間，已經有另一頭沙曼獸披上了重甲的基礎框架，羅昭期待中的重騎兵正在逐步成型，正在向著預定的戰場進發。

第七章

斥侯

道奇公國的最高領袖是大公，國土面積不大，人口也不是很多，道奇大公的地位與羅昭這個天雅公爵的身份相當。

道奇公國的騎士不算出色，能夠納為彩虹騎士團的一員，主要得益於這是純正的白人公國。

幾年前，赤色烈焰騎士團曾經被蒼狼騎士團鑿穿過防線，那還是蒼狼騎士團損失慘重的前提下。專打順風仗，遇到強敵就得崩，因此道奇公國被成為國中哈士奇，赤色烈焰騎士團也符合道奇公國的特色，相當的狗。

渡鴉在天空盤旋，遼闊的丘陵與平原上，騎著座狼的天雅狼騎兵在不知疲憊地奔跑。不是直線奔跑，那是基本功，做不到的天雅狼騎兵會被這群殘疾的狼騎教官破口大罵，沒法改變的蒼狼騎士做派。

天雅狼騎兵是遊騎，在移動中襲擾敵人，殺傷敵人。這就要求天雅狼騎兵必須靈動，如何抓住稍縱即逝的戰機，人少的時候如何配合，人多的時候如何形成優勢，面對不同的敵人，如何利用弓箭和套馬索，這同樣是基本功。

狼騎教官們的怒吼和謾罵在荒原接連不斷，蒼狼騎士們冷眼看著這群老廢物，可算揚眉吐氣了，把你們得瑟的。

與活蹦亂跳的天雅狼騎兵比起來，本來桀驁不馴的蒼狼騎士團極為刻板，五個大隊長各自帶著自己的麾下，拱衛在鐵楚女率領的五百親隨兩翼。

新加入的蒼狼騎士需要學會紀律，鐵的紀律，沒有嚴苛的規矩，憑什麼相信你在向著數倍的敵人騎士團發起攻擊的時候不會退縮？

令行禁止，尤其是大量新人加入的時刻，必須第一時間讓新加入的蒼狼騎士學會規矩，還得學會最基本的旗語，混亂戰場上，旗幟就是衝鋒的方向。

蒼狼騎士團的大隊長，真正的稱呼是掌旗官，蒼狼旗幟不可倒，倒下狼旗，斬殺掌旗官。混戰中跟錯隊伍，跑到其他大隊長的隊伍中，戰後一頓鞭子逃不掉。

預備隊的隊伍被打亂，在寒襄傳授合擊秘法之後，六百多人的預備隊重新整合，按照寒襄的提議重新編隊。

蒼狼騎士團做不到，鐵楚女的直屬騎士、羅家烈留給羅昭的親隨，聶無淵和趙維的老班底，不可能安排到其它隊伍。意識到了問題的所在，只是積重難返，與剛組建的預備隊先天條件不同，就沒辦法按照最優標準改變。

預備隊的成員身上佩戴著不同的標誌，這是為了剛組合在一起的小隊彼此熟悉，今後他們就是一個並肩作戰的小團體。

威廉姆斯與穆尼帶著執法隊追逐天雅帝國的大軍，然後人消失了，天雅帝國大軍穿過了莽荒叢林，進入了丘陵地帶。誰也不清楚天雅帝國的大軍到底要做什麼，捨棄了來之不易，耗費大量資源與人力建造的營地，全體出征，這是瘋了？

幾個披著斗篷的男子在鮮血乾涸，導致地面變成黑色的叢林中來回檢查，戰鬥發生在這裡，依然能找到執法隊死者的衣物碎片，但是人沒了。

兩個天空騎士帶隊，執法隊帶著足以毒殺數千人的劇毒，就這樣消失在叢林中。

一個全身披甲，臉龐也遮蔽在面甲之下的男子甕聲甕氣問道：「找到威廉姆斯和穆尼的線索沒有？」

一個在大樹根部查找的斗篷男子說道：「在這裡，發現了威廉姆斯大人的味道，還有乾涸的血漬。這裡有符文破甲弩箭射出的痕跡，應該是貫穿了威廉姆斯大人的身體，把他釘在了樹根的位置，從角度來看，應該是從幾米高的位置射出的弩箭，按照天雅帝國搶奪數十頭沙曼獸來看，應該是沙曼獸背上激發的床弩射擊。」

威廉姆斯被弩箭射穿，這支追尋而來的隊伍霎那間死寂，執法隊留下了如此多的鮮血，威廉姆斯被弩箭貫穿，天雅帝國這是瘋了，他們竟然敢對聖堂下毒手？

另一個斗篷男子說道：「沒有毒藥釋放的痕跡，也就是說執法隊連放毒的機會也沒有，就遭到了毀滅性打擊。」

披甲男子說道：「天雅大軍有太多的普通戰士，幾天的時間走不遠，現在派人追查痕跡，同時彩虹騎士團的成員，在天雅大軍前面狙殺，我們從後面追殺。天雅帝國的畜生，一個也不許放過，我要用他們的頭顱建造出一座祭壇，向所有人宣告，冒犯聖堂者死。」

一隻渡鴉從密林上飛過，皮甲男子揚手，一支短劍破空把渡鴉炸碎成血雨。吃飽了域境人熊肉的渡鴉飛到羅昭面前，憤怒地呱噪著。

羅昭吹聲口哨，鐵月竄過來，對著渡鴉發出吱吱聲，雞同鴨講，哪怕鐵月明白了，羅昭也聽不懂鐵月說些什麼。

這隻充當信使的渡鴉極為憤怒，鐵月和渡鴉交流了半天，猛然握著短刀對著自己的胸膛刺過去，羅昭嚇一跳，好好的怎麼想到了自殺？

短刀停頓在胸口，渡鴉拍動翅膀發出激動的叫聲，不要說羅昭看懂了，坐在一頭沙曼獸背上的簡古嵐也看懂了。

渡鴉的夥伴被人用刀殺死了，羅昭頭皮發麻，他厲聲喝道：「前後隊做好準備，天雅狼騎開始巡查。輔助部隊與貴族子弟集結在一起，鄭真，預備隊配合沙曼獸團做好防禦工作。」

隨行在羅昭身後的莫行持立刻向後面衝去，作為羅昭的參謀，他必須及時傳達軍令。

景幽蘭與閻韶年對視，景幽蘭驅動自己的坐騎衝向輔助部隊的方向，他要去通知洛天時。

連綿的山丘，無險可守，當然對於蒼狼騎士團和預備隊來說，野戰肯定不虧。問題是羅昭帶著數量龐大的輔助部隊和貴族子弟，他們面臨野戰就意味著等死。

閻韶年說道：「將軍，現在的任務不是被動防禦，而是繼續向前，不管敵人是誰，我們先找到一個敵人，搶佔他們的營地。」

羅昭思索，閻韶年說道：「搶佔營地，就意味著輔助部隊不需要野戰，他們可以依託營地來遠端攻擊敵人，讓蒼狼騎士團能夠毫無顧忌地衝擊敵人。」

羅昭說道：「我們趕到赤色烈焰騎士團的駐地，還需要多久？」

閻韶年說道：「急行軍，兩天。」

羅昭皺眉，兩天？敵人會給自己兩天的時間？

閻韶年說道：「屬下臆測，最大的可能是聖堂，您活捉了兩個聖堂的天空騎士，聖堂必然震怒，尤其是戰堂，如果這一次戰堂來人，必然派出數量更多的天空騎士，而且敵人的數量會更多。單純的野戰，他們可以依靠能夠飛行的優勢，讓蒼狼騎士團也無計可施。急行軍，哪怕把普通戰士跑到吐血，也得找一個防禦陣地，還有一個要命的因素，我們攜帶的食物很少。」

羅昭轉頭看著距離更近的殘山說道：「現在轉向殘山如何？」

閻韶年說道：「差不多也是兩天的時間，前往殘山的好處是敵人或許會忌憚狼群。」

羅昭掏出狼笛，摩梭良久說道：「現在轉向去殘山，強敵好啊。不強的話，我就沒必要下死手。」

狼笛被吹響，嗚咽淒厲的笛聲，如同夜色中孤狼吼叫，渡鴉興奮地衝到羅昭面前做兇惡狀，羅昭說道：「讓老狽做好準備，我給他送去了大餐。」

龐大的軍隊莫名轉向，許多人心中茫然，為何轉向去殘山？那裡是狼群盤踞的絕境，去送死嗎？

一頭花色斑斕的獵豹載著一個人出現在遠方，夜魔戰隊的成員迅速威逼過去，同時發出報警的鳥鳴聲。

羅昭說道：「薛伊人，天雅狼騎兵去見血。」

薛伊人肌膚戰慄，終於輪到天雅狼騎兵顯露身手了。

薛伊人舉起戰刀發出吼叫，門徒們迅速整理隊伍，對著薛伊人帶領的天雅狼騎兵向著獵豹的方向衝去。

獵豹的短促衝刺能力絕佳，若是論及長途奔襲的耐力，狼群能活活累死獵豹。看著數以百計的狼騎兵呈扇形追殺過來，騎著獵豹的男子沒有任何糾纏的意思，獵豹輕盈從夜魔戰隊的防線中衝過去，向著來時路狂奔。

連綿山丘上，一頭孤零零的獵豹，被數百天雅狼騎兵追得玩命奔跑，為了追查天雅大軍的行蹤，騎著獵豹的男子是急速奔行，為的是能夠獲得尋找天雅大軍的首功。

首功獲得了，但是沒想到天雅帝國培養出了如此多的狼騎兵，他的想法是發現天雅帝國的大軍行蹤就回去彙報，沒想到的是夜魔戰隊在各個方向監控。

蒼王來到一個地勢稍高的山丘上，遠眺狼騎兵全力衝鋒，追逐著落荒而逃的獵豹。衝在最前方的聶嬰張弓，她麾下的天雅狼騎兵也張弓，急驟的利箭迸發，可惜獵豹跑得太快，而且騎著獵豹的男子回身揮動長劍格擋，利箭無功。

薛伊人趴在黑狼背上，減少風力的阻擋，果然這樣速度明顯提升。旋即其他的天雅狼騎兵全部趴在座狼背上，兩翼已經超過了獵豹形成了包圍之勢。

獵豹上男子舉起長劍向著前方狂奔，趙菲揚手，套馬索射出去，男子揮劍試圖斬斷套馬索的時候，更多的套馬索密集套過來，天羅地網，無處遁逃。

獵豹試圖逃脫，也沒辦法避開一張張套馬索，連人帶獵豹全部被困成粽子，在天雅狼騎兵的歡呼聲中，這個追尋痕跡第一時間趕來的聖堂斥候被生擒活捉。

刑大夫眼神熾烈問道：「副隊長，我來審問可以嗎？」

天雅狼騎兵中有變態，刑大夫就是其中之一，這個傢伙對於刑訊逼供有特殊的癖好。

薛伊人點頭，斥候的軟甲上有聖堂的標誌，聖堂的強者肯定很快抵達。

薛伊人吩咐道：「帶到大部隊那裡，讓他看看兩個被生擒的聖堂天空騎士，他會做出明智的選擇。」

威廉姆斯和穆尼就關在兩個鐵籠子裡，被一頭沙曼獸承載著前進，幾個天雅狼騎兵用套馬索捆著斥候和獵豹，懸空提著追上了大部隊。

威廉姆斯木然看著被抓過來的斥候，穆尼低頭抱著膝蓋，心中有希望之火燃燒。斥候到來，聖堂的大軍肯定不遠了。

刑大夫跳下座狼，抓住斥候的頭髮，強迫他仰頭看著沙曼獸上的兩個聖堂天空騎士說道：「看到沒有？認識不認識？想好了再說話。兩個聖堂的天空騎士帶領執法隊，帶著劇毒來謀害天雅大軍，只剩下了他們兩個活口，準備用來收取贖金。你，掂量一下自己的分量，看看自己值不值得我們當作人質，狼群需要充足的食物，屍骨無存，那下場可怕不？」

斥候看著兩個大佬被關在籠子裡，天雅帝國的人真的瘋了，竟然重傷兩個聖堂的天空騎士，還準備勒索贖金？

大軍迤邐，向著殘山進發，抓捕斥候並審問的事情羅昭放手交給天雅狼騎兵，終究得獨當一面，現在就得培養。

斥候瞄著看似逃竄的天雅大軍，他發現大軍行動有序，沒有落荒而逃的感覺。

刑大夫說道：「兄弟們，幫我挖個坑，把這個傢伙埋半截，然後我給你們演示一門很冷僻的審問手法。」

斥候看著載著兩個俘虜遠去的沙曼獸說道：「你們需要有人傳遞消息，勒索贖金也得有人報信是不是？」

博涵掄起套馬索抽在斥候臉上說道：「什麼叫做勒索贖金？穆尼自己主動要求，他把自己賣了兩個億，否則他已經如同他的手指頭一樣被碾壓成齏粉。威廉姆斯活著，我師父需要用他換取突破域境的秘法。記住，是穆尼主動哀求，求我師父留他一條命，怎麼到了你這裡就變成了勒索？殺了吧，聽他說話我很憤怒。」

博涵父女相逢就差那麼一點點，硬生生錯過了，博涵憤怒，不僅仇恨看得見的敵人，同時也把聖堂恨上了。

誰都明白沒有聖堂的縱容，藍天使騎兵團他們敢聯合起來攻打天雅帝國的駐地？

斥候眼神收縮，天雅人兇悍到了這個地步？刑大夫說道：「是，活埋了可以嗎？正好兄弟們挖了坑，不能浪費。」

斥候拼命掙扎著說道：「是我表達不清晰，兩位大人戰敗被擒拿，聖堂並不知道詳情，天雅軍威鼎盛，應該讓聖堂清楚，否則必然會發生更多的誤會。你們需要一個傳遞消息的人，要把兩位大人被擒拿，穆尼大人主動把自己賣了一個好價錢的消息傳遞回去。」

聶嬰說道：「博涵，妳先消氣，穆尼價值兩個億，威廉姆斯價值更高，這個消息需要讓聖堂的戰堂清楚。」

博涵一言不發，刑大夫把斥候踹到了坑裡說道：「你來探路，奉誰的命令？這一次你們來了多少強者？說吧。你撒謊沒關係，你可以謊話連篇返回，但是一句謊言，威廉姆斯斷一根手指，看到穆尼的手沒有？因為他撒謊，每一次被羅宗踩碎一根手指。記住，撒謊的代價很大，不是你能承受得起。」

斥候看到了，穆尼的手只剩下了一根大拇指，具體怎麼沒的，極有可能真的是因為撒謊而被踩碎了。

真狠吶，斥候口乾舌燥，戰堂大軍抵達的時候，如果天雅人看到他撒謊，威廉姆斯肯定要遭到殘酷對待。

斥候遲疑片刻說道：「六個天空騎士，帶隊的是戰堂副堂主摩根，死亡騎士摩根，號稱天星境界之下第一人。」

許芊芊說道：「只有六個天空騎士，這是瞧不起我們啊。」

斥候懵，你們眼中的天空騎士如此不值錢嗎？

刑大夫問道：「除了天空騎士呢？帶來了多少毒藥和秘密武器？想好了再說，與戰堂的戰爭爆發之後，談判的時候才能讓聖堂贖人。在此之前，我會對照你們的大部隊，來驗證你有幾處撒謊。」

有人質在手，說話就是底氣足。

斥候說道：「五百人的隊伍，其中三十個聽風者，也就是斥候，我是聽風者的一員，主要負責打探消息，尋找線索。這一次攜帶了凡塵椿，準備對付天雅大軍中可能存在的天星強者。」

這是懷疑千鳥就藏在隊伍中，問題是千鳥根本不在這裡。

薛伊人問道：「你們認為六個天空騎士加上五百人的小隊伍就能面對天雅大軍？是你們沒腦子，還是有別的計畫？」

斥候徹底傻眼，六個天空騎士，加上五百人的隊伍，還攜帶著凡塵椿，妳對這樣的陣容是不是有嚴重的誤解？而且你們到底知不知道死亡騎士摩根有多強大？

重創威廉姆斯和穆尼，讓十三門徒的信心膨脹，天空騎士也不過如此。因此現在聖堂來了六個天空騎士，十三門徒認為這是瞧不起天雅大軍。

趙菲對薛伊人使個眼色，薛伊人說道：「把他丟在這裡，等待戰堂的其他聽風者到來。記住，穆尼的贖金價格是兩個億，威廉姆斯的贖金是突破域境的秘法，五套，五大元素各一套，這是贖人的價格，他們的星甲和星兵單獨計算。」

還能這樣計算？斥候傻眼，五套突破域境的秘法？你們是徹底瘋了？死亡騎士到來的時候，希望你們還能如此囂張。

一人一豹被丟在挖出來的坑裡，至於戰堂的聽風者能不能找到他，看本事。若是找不到的話，只能算他倒楣。

天雅狼騎兵呼嘯而去，斥候等待聲音消失，他直接把被捆起來的獵豹收回，下一刻重新出現的獵豹恢復了自由，獵豹咬斷了捆縛斥候的繩索，斥候竄上獵豹的背上，迅速向著來時的方向狂奔。

薛伊人追上了在大部隊中部前行的羅昭，飛快講述審問的結果，羅昭抬頭看著遠方的殘山，也許不用一天的時間，戰堂的隊伍就能追上來。

如果是幾個天空騎士全力追逐，甚至不用一天，不好搞，天空騎士能飛啊，對付這種能飛的傢伙，弩箭威脅最大。

至於弓箭，普通人射出的利箭殺傷力不夠，鐵壁境界的超凡者就能催發元素壁壘，域境的天空騎士更不用說。

威廉姆斯被弩箭貫穿，那是有運氣的成分，而且佔據了搶先下手的優勢，威廉姆斯根本沒想到天雅大軍如此彪悍，導致他根本沒來得及出手。

僥倖，不能當作實力的一部分，羅昭吹牛但不膨脹，當然他也不恐懼與聖堂發生戰爭。

天塌不下來，聖堂也不可能一手遮天。

現在戰堂大舉來襲，羅昭需要看看狼族盟約到底好不好用，與變異獸強者合作，羅昭心中多少有些底氣。

前方開路的預備隊發現一個乾瘦的老者拄著沒槍頭的槍桿站在前方的山丘上，如此詭譎的一幕，讓預備隊頓時緊張起來。

聖堂的高手在前面攔路？鄭真兩根手指塞入口中發出響亮的呼哨，數十個熟悉的部下彙聚在鄭真身後。

哪怕是土匪頭子，也知道手底下要有四梁八柱當作臂膀，羅家烈在蒼狼騎士團有兩百親隨，也是同樣的道理。預備隊到底能不能打，關鍵時刻帶著誰發起衝鋒，鄭真也在慢慢尋找發掘，現在前路出現了一個詭異的老者攔路，不管對方是什麼實力，鄭真必須面對。

鄭真對闞茹說道：「妳立刻稟告將軍，說預備隊遇到強者攔路，現在。」

鄭真帶著數十個挑選出來的精銳向著老者衝過去，老者淡定看著無畏前來的鄭真，還不錯，實力就那麼回事，態度可以。

鄭真衝到足夠發起衝鋒的距離舉起左拳，身後的騎士們止步。

鄭真揚聲說道：「天雅帝國預備隊鄭真，請問朋友為何攔路？」

老者看著遠方大軍的目光收回來說道：「我和你們的狼主有盟約，他通過狼笛告訴我遇到了麻煩，我來了。」

鄭真做好了死亡衝鋒的準備，包括他的這些臨時拉攏的心腹，明顯被老者的說法給閃到了腰。

鄭真頓時謙恭地問道：「我如何向將軍通報您的身份？」

老者說道：「他看到我了，殘山老狽。」

鄭真轉頭大吼道：「啟稟將軍，殘山老狽大人到訪。」

羅昭心中懸著的石頭當時落地，殘山老狽親自到來，聖堂的死亡騎士算個毛？至於聖堂的其他成員，蒼狼騎士團、預備隊和沙曼獸團組合，加上天雅狼騎兵的遊獵，這種情況下還打不贏五百人，那就沒有繼續存在的必要了。

第八章

臨陣脫逃

鐵楚女調轉方向，衝到了羅昭身邊，羅昭說道：「準備與聖堂的戰堂高手決戰，鐵楚女，戰堂的高手有人對付，妳帶隊，摧毀戰堂的其他成員。」

鐵楚女低聲問道：「殘山老狽行不行？」

羅昭說道：「天星境界，妳說行不行？」

聖堂這一次肯定大舉來襲，鐵楚女很想知道羅昭準備如何應對，如果真的打不過，鐵楚女就得把兩百親隨踢出隊伍，讓他們保護羅昭和簡古嵐撤退。人活著，就有希望，雖然這樣做會讓羅昭很丟臉。但是人若是死了，要臉還有什麼用？

羅昭竟然拉來了一個天星境界的援兵，鐵楚女眼神狐疑，你在吹牛逼？天星境界的高手不是大白菜，這裡也不是菜市場。

你身邊有千鳥大佬，我信了，畢竟許多人親眼見過千鳥，但是羅昭在異域戰場從哪找到的天星境界幫手？

羅昭催動蒼王，蒼王腳步遲疑地衝向老狽，蒼王敢對老狽出手，不代表蒼王不畏懼老狽，那種血脈上的壓制，就足以死死克制蒼王。

羅昭邊走邊吼道：「輔助部隊就地防禦，沙曼獸團做好充當主力的準備，全力協防營地。預備隊與天雅狼騎兵輔助蒼狼騎士團，今天我們要與聖堂的戰堂高手決戰，這一戰誰敢退縮，你們把自己的腦袋砍下來，讓真正的英雄帶著你們的頭顱見證天雅帝國如何在異域戰場崛起。」

「我給了你們努力的機會，給了你們足夠的信念。現在面對以前不敢想像的強大敵人，高高在上的聖堂，而且是六個天空騎士帶著數百人來襲，我想看到你們的勇氣。」

貴族子弟的隊伍騷動，聽到六個天空騎士到來，這群貴族子弟慌起來。僥倖擒獲兩個天空騎士，有極大的運氣成分，現在是六個天空騎士，誰能抗衡？就憑這個殘山老狽嗎？

羅昭森冷的目光投向貴族子弟的隊伍，莫行持與寒襄他們迅速趕赴過來，谷皋惶急地低吼道：「不許發出聲音，安靜。」

一個二十歲左右的女子悲憤地說道：「聖堂是超凡者的聖地，他一次次觸怒聖堂，未來他可以憑藉超武宗師的身份進入聖堂，我們呢？我們就死有餘辜？」

羅昭放緩了速度，好，有些話必須得說出來，不說出來，別人怎麼知道呢？
莫行持說道：「將軍，我去懲罰她。」
羅昭問道：「很熟？」
莫行持迅速說道：「不熟，我母親表妹的女兒。」
羅昭說道：「那就閉嘴，大敵當前，自亂軍心，你不知道應該如何處置？懲罰，太輕了。」
莫行持低頭，本以為他出面懲罰會減緩羅昭的怒火，顯然他想得簡單了。
谷皋也看到了羅昭在接近，他憤怒吼道：「聖堂在咄咄逼人，妳瞎嗎？現在唯有戰鬥到底，用戰鬥贏得尊重，打出一條血路。」
女子怒斥道：「羅昭是你乾爹，你給他當狗可以，我不想，我家與聖堂的關係良好，不應該陪著你們送死。」
羅昭歪頭，谷皋張口結舌，放棄了阻攔的想法。
女子在龍蜥的背上站起來說道：「他自己信心也不足，而且他有後路，我不想和他自尋死路，六個聖堂的天空騎士，他擋不住。」

女子催動龍蜥脫離隊伍，側面就是連綿的山丘，龍蜥可以遁地，她相信自己想逃，沒人攔得住。龍蜥開始加速，人群中十幾個貴族子弟驅動坐騎也衝了出去。

女子邊跑邊喊道：「我有門路，可以讓聖堂的大人們不計前嫌，不想死的人現在就走啊。」

更多的人衝出隊伍，簡古嵐厲聲喝道：「沈承，去告訴羅昭，殺無赦。」

簡古嵐幾乎不發佈命令，家有千口，主事一人。大軍出征，簡古嵐認為自己是外行，羅昭做得不錯，那就讓他放手去做。

沈承領命還沒走出多遠，羅昭握著匕首指向貴族子弟逃竄的方向，沙曼獸背上的趙伯農喝道：「射。」

弩箭迸發，急促的尖銳呼嘯聲中，背對著大軍的貴族子弟紛紛被弩箭貫穿，騎著龍蜥的女子發令，龍蜥向著地下鑽去。

老狽笑眯眯看著這齣鬧劇，丟臉了不是？本來以為大軍令行禁止，沒想到在這個關口有人叛逃。

天雅狼騎兵自動衝出去，憤怒的十三門徒揮刀，把倉皇逃竄的貴族子弟砍翻，騎著龍蜥的女子鑽入大地，看著幽深的地洞，誰也無計可施。

老狽手中的槍桿頓地，大地從槍桿沉下去的位置裂開一條縫隙，大地縫隙直接延伸到地洞處，藏在地洞深處正在努力向前挖掘的龍蜥和女子裸露出來。

聶嬰彎腰，座狼彪悍衝過去，衝到了地洞附近，聶嬰雙手握刀凌空躍起，女子手中出現一把戰槍，對著身在半空的聶嬰刺去。

聶無淵的心提到了嗓子眼，聶嬰抬腳把槍尖踢起來，戰刀從女子的肩膀處砍下去。女子呆滯地看著聶嬰，聶嬰抽刀再次砍下去，女子的頭顱被砍下來。

聶嬰提著血淋淋的人頭吼道：「叛徒，殺無赦。」

十三門徒驍勇，聶嬰更是其中的佼佼者，追殺叛徒，親手斬下罪魁禍首的人頭，聶嬰霸氣得一塌糊塗。

羅昭看著貴族子弟的隊伍問道：「還有誰？現在站出來，我給你離開的機會。這麼多人見證，我說話算話，絕對不會讓任何人動手。」

谷皋哀求道：「哥，他們不會再糊塗了。」

羅昭說道：「閉嘴，既然大敵當前，我需要確保沒人在背後捅刀子。現在滾出去，否則大戰爆發的時候亂起來，未來我清算你們的家族。貴族，從小接受的教導與我這種老百姓不一樣，肯定懂得趨利避害，而我喜歡任性胡為，最後一次的機會，現在滾出去，從此生死由命。」

鐵楚女眼珠一轉，悲憤喊道：「你怎麼可以這樣做？貴族子弟的命值錢，我們的命不值錢是不是？」

殘山老狽是天星境界的大佬，貴族子弟們不知道，鐵楚女知道了，也明白了這個機會有多美好。羅昭這個黑心鬼是在給貴族子弟生路？這是要坑死他們，好，必須打配合。

貴族子弟們騷動，正在轉向去攔截聖堂高手的預備隊也慌亂，事情發生得倉促，殘山老狽撕裂大地，有人看明白了，更多的人看不明白。

羅昭說給貴族子弟離開的機會，鐵楚女悲憤抗爭，那些因為聖堂強者即將到來而慌亂的貴族子弟，真的有人在試圖離開隊伍。

羅昭咆哮道：「到底滾不滾？大戰爆發的時候，誰敢退縮，我回去滅你滿門。」

有人咬牙衝出隊伍，這麼多人看著，羅昭肯定不能說話不算數。

鐵娘子咆哮道：「你給他們生路，我們怎麼辦？讓我們送死嗎？我是你的女人啊。」

聶無淵他們面面相覷，鐵副團這是撒嬌呢？這麼多人聽著，妳在炫耀成為了狼主的女人？是不是這樣？

簡古嵐黑臉，鐵楚女這是在作死呢，妳和羅昭胡來的事情，自己偷著樂就行了。在這個場合大張旗鼓地宣揚，讓我這個正牌的未婚妻怎麼收場？

鐵楚女喊得越凶，跑出去的貴族子弟越多，甚至那些守護他們的鐵壁超凡者也在離開。

鄭真回頭看著自己的部下，陰森的眼神掃過一個個表情複雜的部下，不說話，你們自己看著辦。

遠方數百人出現在山丘上，聖堂的大軍來了，看著人數不多，但是六個天空騎士坐鎮，這就是無法抵禦的強者大軍。

沈承來到羅昭身邊，羅昭說道：「告訴鐵楚女，準備開戰了，別在這兒丟人現眼。」

沈承輕笑，迅速來到鐵楚女身邊說道：「少狼主讓妳準備開戰，別再開口，少狼主心情不太美麗。」

鐵楚女呸了一聲說道：「別扯犢子，他心裡偷著樂呢。這群孬種不離開，未來他怎麼好意思算總帳？」

沈承想了想，豎起大拇指，坑挖出來了，貴族子弟往裡面跳才好。他們臨陣脫逃，未來羅昭返回天雅帝國，許多爵位就空出來了。

蒼涼的號角聲嗚咽，不同的隊伍有不同的號角聲，戰旗與號角是指揮大軍的最佳組合，蒼狼騎士團的號角聲悠長低沉，預備隊的號角聲短促且間斷。

羅昭盯著谷皋說道：「把最初逃竄的人，還有第二批離開的人名單記錄下來，不要漏過任何一個人，戰後我們進行結算。」

谷皋抿嘴躬身，羅昭使用真氣催動聲音說道：「殘山老狽是天星境界的強者，是殘山真正的大佬，這樣的強援到來，你們之中出了一群蠢貨給我丟臉。」

殘山老狽坐在黑母背上，拖曳著槍桿走過來，說道：「談不上真正的大佬，殘山有真正的主宰，她在關注你。我應約而來，狼族盟約。」

羅昭說道：「三次召喚狼族援助，我則需要為殘山效力一次，我從不違背約定，這是我做人的底線。」

蒼王轉向，載著羅昭與老狽並肩而行。大軍分頭排開，一老一少在大軍之中旁若無人走過，來自殘山的天星大佬，這就是羅昭對抗聖堂的底氣。

谷皋悲傷地看了一眼逃離隊伍的貴族子弟和鐵壁超凡者，你們何其愚蠢？天星強者到來的時候，你們選擇了逃離大軍。

六個天空騎士帶隊，足以碾壓任何國家的騎士團。死亡騎士摩根的目光透過面甲的縫隙，看著天雅帝國的大軍振臂狂呼。

士氣沒崩？只有兩百多人在大軍的側面孤單張望，摩根的目光盯著騎著蒼王的羅昭，不會看錯，這應該就是那個罪魁禍首。

天星強者來馳援，天雅帝國的大軍士氣飆升到極致，原本以為是絕路，卻有了絕路逢生。天星強者對抗聖堂的天空騎士，至於聖堂的那五百個騎士，天雅大軍依靠人多也能淹沒他們。

蒼王與黑母並肩，羅昭和老狽目中無人地閒聊。天雅狼騎兵脫離大部隊，他們是遊騎，依靠座狼的長途奔襲能力，還有弓箭與套馬索襲擾，正面衝鋒不適合天雅狼騎兵，那是蒼狼騎士團和預備隊的任務。

緊隨在蒼王與黑母之後的是沙曼獸團，這支某種意義上來說，前所未有的重騎兵團，如果徹底改裝完畢，沒有人願意面對這樣的龐然大物。

摩根的坐騎止步，看出了不對勁，問題到底出在了哪裡？羅昭年輕氣盛，目中無人可以，天雅大軍也如此的不智？

蒼狼騎士團和預備隊對沙曼獸團的兩側，鐵楚女和鄭真在壓制隊伍，不讓部下發起衝鋒。貴族子弟們與輔助部隊留在了原地，若是戰爭真的爆發，他們派不上用場，這是屬於強者的戰鬥，至少也應該有一顆強者之心。

披著重甲的沙曼獸組成了三角形，後面跟隨的是沒有披甲的沙曼獸，沙曼獸團的超凡者騎乘在這些巨獸上，為的是彼此熟悉，隸屬沙曼獸團的輔兵則持著戰弓步行跟隨。

老狽問道：「打得過天空騎士？」

羅昭說道：「水貨可以，天空騎士分為三境，初入域境的人域，登堂入室的地域，巔峰的天域。面對人域我能擊殺，更強的天空騎士沒接觸過，畢竟太嫩，也沒見過什麼世面，而且我的超武剛剛創立兩個多月，還需要進一步完善。」

老狽說道：「最強者是全身披甲，面孔也遮蔽起來的傢伙，他是天域騎士，如果他有機會，能夠感知星力，就能踏入天星境界。」

羅昭說道：「他應該就是死亡騎士摩根，號稱天星境界之下第一人。」

老狽問道：「如果我不來，你怎麼應對？」

羅昭說道：「帶著蒼狼騎士團發起衝鋒，我相信就算是天空騎士，也沒辦法阻擋數量過千的蒼狼騎士，預備隊則與沙曼獸團緊密合作，天雅狼騎兵負責遊弋，確保不會被各個擊破。至於其他人，我沒辦法，敵人若是對輔助部隊和貴族子弟下毒手，我唯一能做的就是給他們報仇。」

「如果真的讓我沒有了任何累贅，我將化作異域戰場的孤狼，帶著一群不怕死的部下到處殺戮，讓聖堂不敢派人進入異域戰場為止。團結所有能夠團結的幫手，不得志的騎士、能夠交流的變異獸，我將把異域戰場徹底弄個天翻地覆。」

老狽轉頭看著羅昭，說道：「你知道聖堂的底蘊有多強大？」

羅昭說道：「那也應該考慮我的潛力有多強大，給我十年，我將打造出一支無往不勝的超武大軍。而十年之後的我，至少也堪比天星境界。」

老狽懷疑羅昭吹牛，只是找不到證據。

羅昭看著越來越近的聖堂騎士團說道：「沙曼獸團的弩箭將會第一輪射擊，不管有沒有得手，三輪連射之後就是蒼狼騎士團和預備隊發起衝鋒。你優先擊殺死亡騎士，這個名字我很討厭，感覺他配不上這麼囂張的名字。」

老狽發出呵呵的笑聲，很喜歡羅昭的張狂，沒有虛偽，面對無法戰勝的強敵也不恐慌。這個性子很狼，有狼王的風格。

逃回去的斥候低聲講述，摩根不耐煩揮手，敵人來了，擺出了主動出擊的姿態，這是活膩了嗎？

關押在籠子裡的威廉姆斯猛然狂吼道：「殘山老狽，摩根堂主，他是那個傳說中的殘山智囊。」

剛準備下令全軍出擊的摩根迅速收回拳頭，殘山老狽，那個老奸巨猾的智囊老狽？

羅昭笑出聲說道：「殘山智囊？我竟然與一個了不得的真正高手合作，來人，把威廉姆斯拉出來，打嘴巴子，打到他老實為止。」

謝敢與幾個狼騎教官爬上沙曼獸的背，把裝著威廉姆斯的籠子拉上去，揪出傷口還沒癒合的威廉姆斯開始抽嘴巴。

穆尼死死閉嘴，殘山老狽的名字他聽說過，但是他沒有威廉姆斯的勇氣，他不敢開口提醒摩根。果然少說話的好處體現出來，這群殘疾的退役蒼狼騎士大嘴巴子往死裡打，劈啪聲中，威廉姆斯的鮮血飛濺。

摩根低吼道：「羅昭，你在羞辱聖堂。」

羅昭說道：「摩根，你認為我在意聖堂的感受？草泥馬的，執法隊帶著劇毒準備下手，還得讓我給你們面子？我就是在羞辱聖堂，你過來啊。」

羅昭舉起拳頭，號角聲嗚咽，天雅大軍爆發怒吼聲準備出擊。

摩根進入聖堂開始，這麼多年過去，就沒見過如此囂張的人。

一個半老徐娘的天空騎士說道：「堂主，羅昭就是一條瘋狗，他真的敢下令發起衝鋒。」

不用懷疑，羅昭用行動證明了他根本不在乎與聖堂開戰，殘山老狽和羅昭結盟，六大騎士也不敢說聯手就能穩勝。

殘山老狽孤身前來支援，是通過渡鴉看到了聖堂的隊伍人數不多，如果老狽抵達，羅昭的大軍崩潰，那就沒什麼好說的，連自己的大軍也統御不明白，這樣的盟友不值得合作。

萬幸的是除了一群自作聰明的貴族子弟，其他人堅持留在了隊伍中，完整的幾支大軍，足以對抗聖堂騎士團。

至於六個天空騎士，老狽相信能迅速擊殺兩個到三個，剩下的天空騎士見事不妙肯定會逃走。

摩根在面甲下粗重呼吸，半老徐娘說道：「堂主，我來應對。」

摩根點頭，半老徐娘的地行龍越眾向前說道：「羅宗，你和聖堂之間的誤會太多，這嚴重妨礙了天雅帝國與聖堂的友誼。」

羅昭手中的破甲錐舉起，半老徐娘嚇一跳，你這個畜生，連我說話的機會也不給？

鐵楚女咆哮道：「狼主，下令啊。」

鄭真吼道：「將軍，預備隊今天向您證明，無論任何敵人，預備隊從不退縮，我們要當一線戰隊，我們用鮮血和生命來證明，預備隊值得信賴。」

半老徐娘說道：「羅宗，誤會可以消除，聖堂正在籌畫給超武單獨設立一個堂口。沐岫行走正在積極推動此事，來之前，我特地拜訪過沐岫與羅家烈團長。」

提起了沐岫和羅家烈，羅宗左手舉起拳頭，大軍停下來。

半老徐娘的冷汗落下來，多虧出發前穩了一手，否則今天必然血流成河。

謝敢還想繼續打下去，姜秋華一腳踹過去，得瑟個歡，少狼主那裡準備和談了，你還敢對天空騎士打嘴巴子？

羅昭和老狽騎著座狼前行，摩根與五個天空騎士一字排開，捨下了聖堂騎士團行進過來。

來到了十幾步的距離，雙方不約而同地停下來。摩根不動聲色，老狽一言不發，半老徐娘說道：「說是侄孫，看起來和親爺孫也沒區別，你和羅家烈團長的氣質酷似，臉型也相仿，長大了肯定會迷倒許多女孩子。」

羅昭笑眯眯說道：「半老徐娘也是我的菜，各有各的味道。」

摩根握拳，這畜生，這個該死的畜生，你當眾調戲聖堂的戰堂騎士，你應該被五馬分屍。

半老徐娘嬌笑道：「可不行，我的兒女已經長大成人，而且開枝散葉了。如果你有興趣，在聖堂給你介紹幾個女孩子？聖堂的姑娘容貌身材個頂個的好。」

羅昭說道：「那當然，我叔爺進入聖堂就給我找了一個叔奶奶，讓老頭子也如此不矜持，顯然聖堂的姑娘們相當不俗。」

摩根大口喘息，你在嘲諷聖堂是妓院嗎？天雅帝國咋出了這麼一個牲口？這個牲口若是只懂得耍嘴皮子，聖壇派個人就能捏死他。

糟心的是聖堂不是沒出手，聖堂在天雅帝國的分理處被血洗，半步域境被他一招擊殺，兩個來自戰堂的天空騎士被重傷生擒，現在這個畜生拉攏了殘山智囊做幫手。成氣候了，已經養虎為患。

半老徐娘大聲笑，似乎根本不在意羅昭的嘲諷。

羅昭笑眯眯，甚至眼眸也滿是笑意，根本沒有把六個天空騎士放在眼裡。

鐵娘子舔著緊張而乾枯的唇，大場面，到底打不打？你倒是下令啊，和一個兒女滿堂的老娘們扯淡，有意思嗎？

半老徐娘說道：「聽說你需要突破域境的秘法？」

羅昭恬不知恥地舉起左手，五指，代表五本秘法。

半老徐娘說道：「貪心了。」

羅昭說道：「多嗎？」

羅昭想說威廉姆斯和穆尼兩個人，再加上你們六個，八個天空騎士換五本秘法，多嗎？

羅昭話音剛落，遠方山丘上數不盡的狼群如同海潮蔓延，數不盡的狼群從殘山方向威逼過來。

羅昭笑，笑得露出白牙，囂張且猖狂。

第九章 擊殺天空騎士

狼潮到來，摩根的臉色驟然變了，面甲遮蔽，讓人看不到他的表情，他也不喜歡讓人看到自己的表情。

半老徐娘舉手，說道：「容我們討論。」

羅昭抬了抬下頷，傲慢之罪溢於言表。

摩根斬釘截鐵地說道：「兩門秘法。」

半老徐娘目光投向羅昭，羅昭說道：「執法隊帶來了許多毒藥，我可以合情合理用來報復。」

摩根說道：「四門。」

羅昭不語，摩根這種傲慢自大的傢伙，輕易不會低頭。既然低頭了，那就意味著突破了心理防線，或許可以借助現在的優勢，逼迫更多一些。

摩根說道：「現在隊伍中有人帶著秘法，現成的。」

摩根的隊伍中，有人處在鐵壁巔峰，正在謀求突破。

摩根盯著羅昭的眼睛說道：「必須發誓，一門秘法只有一個人可以觀摩。」

羅昭說道：「殺了你們，秘法我想怎麼用就怎麼用，別拿聖堂的規矩來約束我，我不吃這套。威廉姆斯與穆尼帶著執法隊到來，我就知道你們不存善意。我羅昭做事，喜歡堂堂正正，把我逼急了，陰損手段我也會。」

一個消瘦的天空騎士說道：「威廉姆斯與穆尼帶執法隊來，是需要找出擊殺域境人熊的強者，最大的嫌疑人是千鳥，千鳥進入了異域戰場，這違反了我們與土著的約定。」

老狽齜牙樂，看上去惡行惡相，聖堂與土著有約定？為何不說是勾結？

羅昭說道：「懷疑就可以定罪？我說域境人熊是我殺的，你信不信？」

消瘦的天空騎士說道：「不是我信不信，而是聖堂信不信。」

羅昭咄咄逼人說道：「別扯聖堂，我只問你，信不信？」

這個天空騎士握緊戰槍說道：「我不信。」

羅昭說道：「一對一，敢不敢？」

天空騎士轉頭看著摩根，摩根歪了歪下頜，十六歲的小崽子也敢挑釁天空騎士？半老徐娘說道：「弗里曼，小心。」

弗里曼的地行龍向側面移動，羅昭握著破甲錐，座下的蒼王也在移動。與雄壯的地行龍相比，蒼王從身高與體型上處於絕對劣勢，地行龍身上覆蓋著鱗甲，猙獰的獠牙可以輕易刺穿蒼王的身體。

鐵月從隊伍後方竄過來，貼著短刀躥到了蒼王背上，羅昭動念，人熊也出現在羅昭身邊。

羅昭有三頭召喚獸，這不是秘密，此刻鐵月與蒼王沒有站起來化作人形，看不出有什麼了不起的敵方。

弗里曼扣下面甲說道：「我會給你一個有尊嚴的死亡。」

羅昭眯著眼睛說道：「那我得尊重你。」

地行龍向前奔跑，鐵楚女焦躁，她騎在地行龍背上左右擺動腦袋，鐵楚女的地行龍與弗里曼的地行龍比起來，儼然就是營養不良。

蒼王發出狼嚎悍然向著地行龍衝去，弗里曼的戰槍對準了羅昭，羅昭的破甲錐也對準了地行龍的頭顱。

蒼涼的號角迸發，渺小的蒼王載著羅昭，身上肥肉顫抖的人熊四足著地，也在向著敵人狂奔。

地行龍的眼睛血紅，彼此衝鋒到槍尖可以碰撞的位置，地行龍的口中烈焰迸發，腳下的大地燃燒起熾烈的火牆。

羅昭從蒼王背上飛起來，凌空踏步，從原本的低處仰望，變成了凌空撲擊，身後的天雅大軍爆發出海潮般的吶喊。

弗里曼握著的戰槍抬起，烈焰燃燒的戰槍閃電般刺向羅昭，羅昭向下俯衝，左手握著的匕首格擋，身體順著槍桿出擊。

破甲錐的長度不如戰槍，弗里曼的戰槍更是特製的款式，比正常的戰槍更強，可以更好發揮地行龍身體龐大的優勢。

弗里曼看到破甲錐襲來，他左手出現一柄短劍，這是使用戰槍的超凡者正常的後備手段，防止的就是敵人貼近。

弗里曼的短劍試圖格擋破甲錐的霎那，破甲錐的三棱形槍尖迸發出一道恐怖的纖細氣流。弗里曼倉促歪頭，高度壓縮的真氣貼著弗里曼的脖子飛過，弗里曼的鮮血還沒迸發出來，地行龍發出淒厲的吼叫人立而起。

摩根的角度看到烈焰中，鐵月左爪抓住龍鞭，右爪的短刀正在閹割地行龍。

破甲錐能夠讓真氣壓縮迸發，超出了弗里曼的預料，而鐵月的宮刑戰術成功，弗里曼被人立的地行龍掀翻。

毛髮被點燃的蒼王化作人形衝出火海，鋒利的爪子抓住地行龍的前腿，人熊喘息著咬在地行龍的腿上。

羅昭狂吼，因為弗里曼向後拋飛導致短劍格擋失敗，羅昭的破甲錐對著弗里曼的心臟刺過去。

半老徐娘尖叫道：「住手。」

破甲錐沒入弗里曼的星甲，灌注真氣的破甲錐犀利無匹，貫穿了弗里曼的身體，從星甲的背後竄出。

弗里曼的短劍刺向羅昭的心臟，羅昭的匕首精准擋住，同時右腳踹下去，身體被貫穿，心臟同樣被貫穿的弗里曼向後倒去。羅昭借助反彈的力量，匕首插在腰帶上，雙手握著破甲錐從地行龍的下頜刺過去。

鐵楚女瘋了一樣狂吼，天雅大軍中蒼涼的號角聲激昂，那是等待著羅昭的命令，只要羅昭做個手勢，被刺激到眼睛血紅的天雅大軍就會發起衝鋒。

地行龍的身體向前趴，依靠自身的重力，導致尾端拄地的破甲錐貫穿了地行龍的頭顱。

鐵月從地行龍的屍體下面竄出來，蒼王和人熊衝上去，開始撕咬地行龍的屍體。

羅昭踩著地行龍的頭顱，右手握著染血的槍桿，把破甲錐抽了出來，說道：「現在還有誰不信？」

域境的天空騎士與鐵壁巔峰的地行龍被羅昭當場擊殺，半老徐娘她們看著摩根，摩根一動也不動。

聖堂已經一再高估羅昭，給羅昭極高的評價，也正因為如此，戰堂對於這個超凡體系之外的傢伙格外不順眼。此刻弗里曼就死在大家眼前，弗里曼的慘死有諸多因素，有過於狂妄自大，沒想到羅昭的實力如此扎手；有意外因素，地行龍猝然站起來，導致弗里曼應對失誤；更沒想到鐵月如此卑劣，竟然閹割了地行龍，諸多因素加起來，讓弗里曼成為了羅昭崛起的墊腳石。

摩根艱難說道：「這是公平的決鬥，弗里曼敗了，請允許我收回他的屍體，我會支付相應的贖金。」

羅昭說道：「他的贖金免了，正面與我對決，我尊重這樣的對手。威廉姆斯和穆尼不行，價碼不合適，我寧願當眾宰了他們。」

摩根說道：「把你們攜帶的秘法交出來，換回兩個大人。」

聖堂騎士中有人從懷裡取出自己兌換的秘法彙集，的確只有四本秘法，摩根對於手下有誰用功勛兌換了秘法很清楚。

半老徐娘帶著四本秘法送到羅昭面前，羅昭檢查了一下，確保沒問題說道：「放人。」

鐵籠子被放下來，穆尼背著被打成豬頭的威廉姆斯含淚走出來，他們戰敗被俘，坐騎被殺死了，威廉姆斯還有傷癒的時候，穆尼的手指被羅昭無情踩碎，他的右手徹底廢了。

狼群早就停了下來，當羅昭和弗里曼的戰鬥爆發，狼群自發停在了遠方。

半老徐娘說道：「學習秘法突破之後，必須進入聖堂潛修。」

羅昭問道：「依然是與土著的約定？」

半老徐娘說道：「對。」

羅昭笑笑說道：「我打算找士著們重新商討，這事我想自己決定。」

半老徐娘壓制著怒火說道：「你真的要一條路走到黑？」

羅昭說道：「阿姨，聖堂動用凡塵椿開始，我就沒有回頭路了，當狗一樣搖尾乞憐？我寧願戰死。既然我來到了異域戰場，既然我的部下稱呼我為狼主，我就要狼行天下。記住，我是狼，不是狗，狗吃屎，狼是吃肉的。」

老狽抿嘴仰頭，羅昭看著胸膛急驟起伏的半老徐娘說道：「狼，從不拋棄夥伴，從不吃獨食，狼讓人恐懼，因為狼知道團結，而不是窩裡鬥。執法隊帶著劇毒到來，如果不是我需要突破的秘法，讓天雅騎士們突破，威廉姆斯和穆尼誰也別想活著回去。他們兩個今後不要讓我見到，因為會死人，要嘛我死，要嘛他們死，沒人敢試圖謀害我的部下而不付出血的代價。」

「所以再記住一點，狼，特別記仇。有仇必報，無論相隔多久。」

羅昭吼道：「來人，把地行龍的屍體拆了，今天繼續改善伙食，帶走一半，另一半給遠路而來的狼群。」

蒼狼騎士們狂奔而出，摩根咬牙說道：「我們走。」

鐵楚女帶領的蒼狼騎士，與其說是來分割地行龍的屍體，莫不若說是想要趁機攻打聖堂騎士團，一個個猙獰狂暴的樣子，誰敢相信他們不敢做出這種事情？

羅昭當眾擊殺弗里曼，讓敵我雙方重新認識自創超武的宗師戰力提升有多恐怖，異域戰場多了這樣一個攪屎棍，也不知道未來會變成什麼樣子。

半老徐娘心中哀嘆，沐岫的計畫本來執行得很好，讓沐岫繼續運作下去，何至於導致今天的事情發生？

自動逃離大部隊的貴族子弟和鐵壁超凡者快要崩潰了，他們以為大勢已去，結果趕來的老頭子竟然是什麼殘山智囊，天星境界的強者。

在這個駕馭殘山狼群的老頭子面前，聖堂的天空騎士們沒敢主動出擊，反而是羅昭自己挑事，從而當眾擊殺一個天空騎士。

天雅狼騎兵遊弋，隔絕了這些叛逃者的回歸之路，他們敢無恥地試圖返回，天雅狼騎兵不介意長刀染血。

一半的地行龍肉被切走，蒼狼騎士們沒有貪心，如果不是殘山老狽到來，這一戰必然是血戰。

羅昭很強，但是對方有六個天空騎士，打不過的。有殘山老狽壓陣，羅昭才能放手一搏。

長途奔襲的狼群迅速衝上去，那些最健壯的變異狼才有機會進食，這是狼群的主力，牠們有資格吃強大變異獸的肉，才能變得更強大，更好地庇護狼群。

羅昭對鐵楚女說道：「讓大軍休息，順便商討下一步的行程。」

聖堂的高手追殺，羅昭必須趕赴殘山，尋求狼群的庇護。現在老狽來了，聖堂的高手撤退，那就不能直奔殘山。

蒼王滿臉是血，吃相比較難看，主要是全身毛髮被燒得如同狗啃的一樣，蒼王也比較在意形象的，憤怒之下，蒼王貪婪吞噬地行龍的肉，肚子吃撐了。

羅昭扛著破甲錐走在老狽身邊，說道：「我吹牛沒有？」

老狽說道：「相當可以，與你簽訂狼族盟約是我最正確的決定。只是你的部下不夠強，他們必須更強大，才能輔佐你參與浪潮行動。」

羅昭說道：「總得給我一些時間，殘山狼群也不是一天就形成規模，今天我請你品嘗人族的美食，也讓你見識一下我如何運籌帷幄，用兵如神。」

老狽問道：「天雅人不是很矜持嗎？為何你不一樣？」

羅昭斜眼看著老狽說道：「所以他們做不成事，習慣了背地裡謀劃，顯得高深莫測。我希望把自己的計畫公佈出來，讓部下自行選擇，譬如說那群進退兩難的蠢貨，他們自己做出了選擇，正好給別人當樣板。」

「其實主要的問題是在異域戰場沒有幾個人認識我，他們不知道我的習慣，我得立棍，不懂吧？我家鄉小城的俚語，就是打出聲望的民間說法。當我在異域戰場已經聲名鵲起，我自然不需要吹噓，那個時候會踏踏實實，現在不行，我得不斷地戰鬥下去，讓敵人知道他們惹不起我，我立棍成功，講道理的時候他們就願意聽了。」

老狽沉吟說道：「這話沒毛病。」

羅昭說道：「既然殘山還有更強者坐鎮，你好不容易出來一趟，那就多玩幾天，順便看看我的大軍攻城掠地。」

老狽說道：「讓我給你當打手明說。」

羅昭一臉驚詫表情說道：「不用你出手啊，你負責看，看我的部下如何英勇奮戰，看他們如何突破到域境，看我如何與土著重新建立約定。聖堂與土著的約定只能叫做舊約，我和土著的約定叫新約，你親眼見證，也會有榮譽感。」

老狽肯定說不過羅昭，主要是沒有羅昭這般不要臉的勁頭，羅昭的小算盤老狽看得清楚，羅昭肯定擔心聖堂高手捲土重來，才努力拉攏老狽這個天性境界的高手坐鎮。唯有如此，羅昭才能放心去征討，試圖在異域戰場立棍。

可恨的是羅昭有求於人，卻不直說，反而是打著邀請老狽見證的旗號，在這蒙誰呢？真當殘山智囊是空穴來風？

十三門徒騎著座狼在羅昭和老狽周圍逡巡，聽著羅昭鬼扯，十三門徒臉上笑容燦爛。

羅昭和老狽回到了大軍附近，鄭真跳下坐騎帶著預備隊的戰士單膝跪下吼道：「將軍萬勝。」

簡古嵐站在沙曼獸的背上，看著天雅帝國的大軍聲嘶力竭地狂熱呼喊，今天擊殺聖堂的天空騎士，是給老狽看，讓這個殘山智囊知道羅昭自身的潛力有多巨大。同時也是給出現人心渙散的大軍看，否則羅昭根本不需要創造機會開戰，內憂外患，羅昭不得不以身入局，搏命擊殺聖堂天空騎士。

簡古嵐進入異域戰場就謹言慎行，為的就是避免干擾羅昭，讓羅昭放手去做，或許才能讓天雅帝國闖出一片天，這是簡千巒夜話中反覆叮囑的事情。

因為聖堂的六個天空騎士到來，貴族子弟叛逃而渙散的士氣，在狂熱的吶喊聲中重新凝聚。

上萬人的狂熱吶喊，彙聚成滾滾聲浪，老狽若有所思，看著一張張狂熱的面孔，想到羅昭十六歲的年紀，老狽很清楚這個少年承擔多大的壓力。

想要締結狼族盟約，僅僅有實力是不夠的，羅昭能夠讓大軍如此狂熱，這是本事。人族不是狼群，人族有太多的想法，有太多的陰謀與算計。

從天空俯瞰，天雅大軍的臨時營地是巨大的圓形，午休如此，夜宿更是如此。建立營地很麻煩，卻是必不可少的流程，哪怕因此浪費時間，也比防備不足，讓敵人襲營好得多。

羅昭對老狽點頭，他直接躥到了簡古嵐和葉修羅她們所在的沙曼獸背上，大軍的寂靜迅速到來，羅昭拉住簡古嵐的手高高舉起，催動真氣吼道：「今天，殘山狼群的智囊，老狽到來。我代表帝國與殘山狼群簽訂了狼族盟約，因此我們遇到危機，不再孤立無援，殘山是我們的大本營，狼群就是我們的盟友。」

早就有所猜測，真正從羅昭口中得到確認，更加狂熱的吶喊聲震耳欲聾響起。

羅昭感受得到簡古嵐的手顫抖，還有涔涔汗水忍不住沁出來。

羅昭等待吶喊聲平息，繼續催動真氣吼道：「今天，聖堂交出四門突破域境的秘法，他們告訴我，一門秘法只有一個人可以參悟，必須許下誓言。我告訴他們，當我進入了異域戰場，就沒打算按照聖堂的規矩來，我們憑本事弄到的秘法，憑什麼按照聖堂規矩進行？而且我們自己培養的天空騎士，為何必須進入聖堂苦修？我就是要帶著自己培養的天空騎士與狼群共舞，在廣袤的異域戰場打出自己的名。」

「未來會有一天，天雅狼旗所到之處，迎來的是羨慕、畏懼、乃至憎恨的眼神，但是絕對不是憐憫，我們是天雅帝國的驕傲，我們是至死也要吃肉的狼，絕對不是搖尾乞憐的狗。」

老狽的精神力量掃過，看到的是單膝跪下的人群，羅昭慷慨激昂，人群精神亢奮，單膝跪著舉起拳頭一次次聲嘶力竭吶喊。

人族和狼群到底是不一樣的，狼群絕對不會被忽悠，老狽拄著槍桿思索，和羅昭簽訂狼族盟約，是正確的。別的不說，就憑這份口才，他就能忽悠大軍為他捨生忘死地去戰鬥。

羅昭也激動，親手斬殺弗里曼，沒有任何的投機取巧，實打實的正面硬剛，還是在對方有五個天空騎士壓陣的情況下。如果沒有老狽撐腰，聖堂會給他公平決一死戰的機會？

羅昭忽悠結束，看著黑壓壓跪了滿地的人群，滿足感油然而生，他猛然雙手把簡古嵐抱起來，在簡古嵐的驚呼聲中直接跳下去說道：「舉行宴會，宴請老狽，同時商討下一步的分兵計畫。」

有老狽這個貴賓，那就不能使用行軍餐桌了，輔助部隊的工匠緊急拼接了一張金屬桌子，鋪上餐布之後，儼然素雅許多。

愁眉苦臉的谷皋與幾個參謀被沈承邀請過來，莫行持他們沒想到宴請老狽這樣的貴賓，他們也有資格列席。鐵楚女、趙伯農、鄭真、薛伊人還有洛天時也被請來，這是不同戰隊的最高指揮官。

輔助部隊釀造的果酒，老狽鼻子動了動，羅昭起身給大家斟酒說道：「殘山老狽，真正的強者，也是與我簽訂盟約的當事人。老狽說殘山有真正的大佬坐鎮，我沒見到，我是代表帝國簽訂盟約，我的直屬上司就是我的未婚妻，天雅帝國的皇太女，簡古嵐殿下。」

簡古嵐起身行禮，老狽頷首，乾瘦的手握住了酒杯。

羅昭繼續介紹道：「鐵楚女，蒼狼騎士團的副團長，現在我全權委託她來管理蒼狼騎士團，這也是天雅帝國最能打的隊伍。」

鐵楚女起身敬了一個軍禮，老狽繼續頷首，羅昭逐個介紹完畢，說道：「狼族盟約，是殘山狼群幫助我三次，我就要為了殘山的狼潮爆發努力拼一次。簽訂狼族盟約的事情，沒有預先告訴你們，畢竟我也不知道面臨危機的時候，殘山會不會及時馳援。事實證明，我們的異族盟友相當的可靠，今天我能夠擊殺弗里曼，是因為老狽坐鎮，否則聖堂不會給我辯解的機會，而是痛下殺手。」

「將近兩萬人的大軍，是沉重的負擔，現在我承認了。以前不說，是因為我不可能捨棄他們，他們背井離鄉，肩負著帝國的使命來到異域戰場，我要為他們負責，就如同我需要保護自己的門徒一樣。」

洛天時他們同時起身，羅昭說道：「不能因為他們戰力不足，就把他們當作可以捨棄的棋子，他們也是人，也是我的同胞。強者必須守護弱者，帝國才有了綿延不絕的底蘊。」

老狽愣了一下，也緩緩站起來，是的，強者必須守護弱者，狼群就是遵循這樣的規矩。

第十章
分兵

狼，不食同類，更不會讓弱小的同伴餓死，狼群唯一驅逐的就是挑戰狼王失敗的公狼，或者戰敗的狼王。狼有著自己的秩序，狡詐殘忍而庇護同伴。

老狽暗中觀察了許多人族，親眼見過為了利益而自相殘殺。

羅昭攤開雙手說道：「坐啊，閒聊而已，把自己的基本規矩講出來而已，我的心思不用費力去猜，說到哪裡做到哪裡。我和聖堂撕破臉，那就做好了最壞的準備。」

「洛天時，宴會之後告訴輔助部隊的戰士，我會派一個門徒帶領自己統御的天雅狼騎兵前往殘山，專門負責指點官兵們學習超武，讓他們在建造狼堡的閒暇時間，為了自己的人生巔峰搏一把，闖過了關口，修煉出真氣，他們就是我羅昭的弟子。從此不再被人欺凌，不再被人蔑視，不會無限期的期待，再給他們二十天的時間，在那之後天雅狼騎兵關閉大門，原則上短期內不再招收新血，而是要著重培養已經誕生的天雅狼騎兵。」

洛天時說道：「是，將軍。」

羅昭繼續說道：「告訴他們，沒有入選天雅狼騎兵也不是沒有前程，皇家超武學院的框架有了，需要一群勤勉且不放棄的教官。想要和聖堂叫板，靠的是超武之火燃燒大地，讓世人知道超凡之路不是唯一的強者之路，只要願意努力學習，加上一點點的天賦，就可以踏入超武之門。」

薛伊人說道：「師父，我去殘山，培養出更多的超武弟子。」

羅昭端起酒杯說道：「如何想的？」

薛伊人說道：「從基礎做起，論天賦我不如小嬰，甚至不如芊芊。身為天雅狼騎的副隊長，我要展現自己的能力，我有足夠的耐心，去指點輔助部隊的戰士。」

羅昭說道：「每個門徒麾下湊足一百狼騎兵，之後優先滿足聶嬰的千人戰隊，然後妳自己培養一批班底，先湊足五百人，如何把自己麾下直屬的狼騎兵打磨出來，看妳自己。這件事情做好了，妳這個天雅狼騎兵的副隊長才名副其實，膽子大一些，放手去做，妳是我的門徒，小錯不懲罰。」

鐵楚女把酒杯墩在桌子上，這就開始偏心了？你門徒有優待，卻準備對蒼狼騎士團動刀子？你咋想的？蒼狼騎士團不是你自家的班底？

薛伊人躬身，腦門貼在桌子上。

羅昭看著冷為名說道：「薛伊人前往殘山，她需要一個老成持重的長輩輔佐。」

冷為名說道：「屬下心甘情願輔佐薛隊長。」

老狽終於沒忍住，拿起酒杯抿了一口說道：「在殘山打造狼堡？你經過誰同意了？」

羅昭理直氣壯地說道：「我去殘山的時候，你有房間讓我住？難道讓我住在狼窩？老狽，待客之道你不懂啊。」

老狽憤怒地一口喝乾果酒說道：「只有這寡淡的酒，還沒有菜，這也叫待客之道？」

羅昭轉頭，沈承欠身說道：「有幾個費時的功夫菜，比較浪費時間，屬下自作主張，讓所有的菜肴準備好了一起上。現在屬下就去安排上壓桌的冷拼，再把炒菜上來。」

羅昭說道：「就這麼辦，速度要快，我看老狽嘴急，估計也沒吃過啥好豬肉。」

面對天星境界的大佬，而且率領著殘山狼群馳援的大佬，羅昭也是肆意開噴，眾人看得提心吊膽，生怕羅昭把老狽給激怒了。

老狽看著眾人艱難地低頭忍笑，他舉起空杯子示意，薛伊人立刻拿起酒瓶倒酒。

老狽說道：「小姑娘，妳多大了？」

薛伊人說道：「不大，才二十，其實也不滿二十歲，還沒過生日呢。」

老狽認真想，的確不大，不過妳特地提醒這個年齡有什麼意思？

老狽說道：「妳師父十六歲，妳二十歲。」

薛伊人急忙說道：「不到二十歲，我師父則是剛過了十六歲生日，其實我比師父沒大幾歲。」

葉修羅嘴角噙著笑意，鐵楚女說道：「妳反覆提醒年齡差距不大是幾個意思？」

薛伊人狼狽說道：「就是那個，這個不能讓人知道師父比我們小太多，顯得我們太無能。」

老狽說道：「你說強者應該庇護弱者，弱者是不是應該尊重強者？」

羅昭說道：「你這話挖坑呢，我和你講，智兵不勇，你喜歡動腦子，肯定不願意動拳頭講道理。如果你是那種拳頭比腦子快的強者，我肯定稍稍尊重一些，表面上會尊重，背地裡我心裡想些什麼就不好說了。」

老狽想說的就是這個，沒想到剛提起話頭，羅昭就猜到了老狽要說什麼，還直接把話堵死了。

帶著白帽子的廚師們端著各色菜肴一路小跑開始上菜，羅昭說道：「今天算是大日子，殘山智囊到來，我還擊殺一個天空騎士。今天菜不錯，看著就養眼，明天按照這個標準，給老狽準備八菜一湯，形成定例，別人的飯菜簡單一些，老狽是強者，還是大有來頭的強者，得吃好喝好。」

話是這個話，只是從羅昭嘴裡說出來，聽著就不對味。

老狽笨拙地拿起筷子說道：「這是尊重我，還是排擠我？」

羅昭說道：「不熟唄，熟悉之後你就會和我一樣，別人吃什麼，我吃什麼。」

谷皋輕聲提醒道：「哥，你的一日三餐和別人不一樣，是單獨烹飪，你早餐的肉包子和肉粥，別人只能聞聞味道。」

羅昭頓時沉下臉喝斥道：「就你懂得多，貴族子弟讓你帶成了什麼樣子？聖堂六大天空騎士到來，他們直接逃跑，我的臉讓你們丟光了。」

谷皋貌似悲傷捂臉說道：「我沒臉活了，姐，妳給我重新安排一個職位吧。」

簡古嵐也沉下臉說道：「身為天雅狼騎兵的參謀長，你給狼騎兵出了幾條建議？有騷擾小姑娘的精神頭，多想一想如何完善天雅狼騎兵。」

谷皋放下手，祈求看著老狽說道：「老狽大人，我覺得我現在可以封印第二頭召喚獸，您給個建議唄？」

谷皋身份特殊，簡古嵐名義上的堂弟，羅昭事實上的跟班小弟。

老狽琢磨，你剛被接連訓斥，而且你還是天雅狼騎兵的參謀長，你說要封印第二頭召喚獸，這不是向我要狼嗎？

老狽的筷子明顯用不明白，他的筷子在餐盤裡嘩啦半天，谷皋說道：「千鳥的做法是直接把自己喜歡的菜拉到自己面前，她也是天星境界。」

老狽果斷端起盤子，把盤子裡面切成薄片的醬肉嘩啦到嘴裡說道：「你的精神力明顯不夠強，勉強能夠封印剛剛踏入鐵壁境界的狼。」

谷皋大喜說道：「這就行了，我不貪心。」

老狽放下空盤子說道：「你說的千鳥也不受到尊重嗎？」

谷皋瞄著羅昭的臉色說道：「也不能說不受尊重，被皇帝敕封為護國女神呢。反正在家裡地位不是那麼高，你這種吃菜的方式，很容易被我哥用筷子揍。」

老狽手一抖，我去，天星境界吃菜姿勢不雅，還得被筷子揍？疼不疼的不重要，問題是丟臉啊。

老狽幽怨的眼神看著谷皋這個缺德帶冒煙的傢伙，你咋不把話說完整？

谷皋說道：「千鳥算是我哥家裡人，所以我哥不慣著她，惹急的時候，大嘴巴子直接糊過去。」

老狽懷疑谷皋在吹牛，羅昭敢打天星強者的嘴巴？

谷皋補充說道：「那次是在我家喝酒，千鳥應該是第一次喝酒，明顯喝醉了，所以撒酒瘋。」

鐵楚女正襟危坐地說道：「吃飯吧，不提這些糟心事。」

老狽看著酒杯裡面的果酒，不是什麼名酒，口感相當不錯，但是這種酒後勁大不大？自己不會喝到撒酒瘋吧？

老狽倒不是擔心羅昭揍他，只是羅昭明顯是個狠人，萬一翻臉了，羅昭肯定不會容忍，殘山的主人可不會原諒老狽。
羅昭說道：「這種果酒很淡，多喝一些也沒事，我上次喝了兩杯，感覺暈乎乎的不錯。」
閻韶年說道：「將軍，既然要分兵，屬下希望前往殘山，為您修建狼堡。屬下對構建防禦體系有興趣，也有心得，狼堡要考慮壯觀威嚴，同時必須考慮防禦屬性，更要考慮如何契合殘山的狼群，遇到了不同的敵人，依託狼堡和殘山，構建不同的防禦體系。」
羅昭說道：「建成了，我向帝國為你請功。」
閻韶年站起來說道：「屬下希望為將軍效力，希望成為千葉公爵府的屬下。」
羅昭說道：「在軍隊繼續努力下去，軍銜晉升不是問題，帝國用人之際，有能力就可以脫穎而出。」
閻韶年說道：「屬下知道自己的長處與短處，為您建造狼堡，打造真正的不敗雄城，是屬下的最大心願。」
羅昭轉頭對楚瑜說道：「他有這個想法，你們兩個多交流，這一次分兵，你與輔助部隊一起趕赴殘山。未來許多年，我不可能離開異域戰場，否則必然被聖堂針對，除非我實力強大到無視任何人。」

老狽笑出聲，頗為嘲諷揶揄，你也有怕的時候？還以為你真的天不怕地不怕呢。

洛天時說道：「將軍明見，正因為有了這份謹慎，天雅才能真的崛起，為將軍賀。」

這個馬屁精，老狽翻白眼，谷皋立刻湊過去，說道：「老爺子，您可得給我選一頭聰明伶俐容貌俊美的座狼。」

老狽喝斥道：「這又不是找老婆，好看有什麼用？」

老狽是殘山智囊，羅昭最初還真不知道，威廉姆斯竟然知道，顯然聖堂對殘山的瞭解，比羅昭更多。

老狽號稱智囊，想法也很縝密，那得相對誰而言。谷皋看似沒心沒肺，甚至當初因為甘願給羅昭當小弟，而被人嘲諷，後來爆出谷皋真正的姓氏不是谷，而是簡，全稱是簡古皋，這與簡古嵐和死去的太子沿著同一個序列起名，這是天雅帝國的親王世子，皇家超凡學院的師生們才驚覺大佬藏在我們身邊。

谷皋身份暴露，依然是不求上進的懲懶樣子。多親王被簡千巒指定為皇位繼承人，谷皋竊喜許久，因為他覺得自己有可能成為下一任的皇位繼承人，結果這只是障眼法，大局已定的時候，簡古嵐成為了皇太女，谷皋被閃夠嗆，大喜大悲，著實刺激人。

憋悶了幾天，對羅昭抱怨之後，谷皋的心態平和起來。簡古嵐當皇帝也行，畢竟是比較親近的堂姐，再說未來的姐夫是他哥們，他還不知道簡古嵐是他同父異母的親姐姐。

想開了，自然念頭通達，谷皋再次恢復了原本的樣子，至於雄心壯志？來到異域戰場，看著莫行持他們一個個出謀劃策，谷皋覺得有些亂。整天處在貴族子弟中，聽著貴族子弟各種五花八門不切實際的計畫，谷皋覺得更亂。

莫行持與冷為名他們能夠站在更高的角度，為上萬人的大軍出謀劃策，這其中涉及到了方方面面的利益，沒有宏觀的眼光做不到。

谷皋熟讀兵書，卻沒有哪本兵書講解如何安撫軍中的不同山頭，囂張跋扈的蒼狼騎士、野心勃勃的鐵壁超凡者、相互掣肘導致內部勾心鬥角的貴族子弟、不甘寂寞的輔助部隊大軍、依仗羅昭寵愛的十三門徒帶領的超武弟子，更有傷殘退役的狼騎教官們跟著湊熱鬧，天雅帝國的大軍內部山頭林立，全靠羅昭這個狠人壓制。

羅昭承受多大的壓力，谷皋能猜到一部分，谷皋也在盡自己的努力，挖掘出寒襄就是其中之一。

至於貴族子弟看到危機而逃竄，這個不是谷皋無能，而是谷皋沒辦法壓制他們。羅昭在宴會上把這件事情拿出來說事，也不是真的責備谷皋，而是通過喝斥谷皋，讓老狽明白，貴族子弟的事情純屬意外。

與老狽這樣的變異獸大佬合作，得證明自己的實力，否則羅昭為何要主動挑釁與弗里曼死戰？哪怕重傷，羅昭也得玩命搏一把。

蒼王被燒得毛髮斑駁，羅昭也被燒傷，只是傷勢不重。弗里曼的烈焰鐵壁被羅昭的真氣破解，還有鐵月的宮刑導致弗里曼的地行龍站起來，才導致弗里曼被羅昭迅速擊殺。

天雅大軍進退有度，羅昭自身能夠斬殺天空騎士，這才是羅昭的資本，才能讓老狽不至於拿捏。

人心複雜，從底層爬起來的羅昭太清楚，其中的各種彎彎繞繞，老狽能看懂一部分，更多的老狽不懂。

谷皋涎著臉讓老狽推薦合適的座狼，老狽看出來了，谷皋這個傢伙地位不太一樣。羅昭和簡古嵐對別人很客氣，對谷皋不客氣，這才說明這是真正的自己人。

老狽喝斥完谷皋，看著羅昭說道：「你的第四頭召喚獸，想好了沒有？」

谷皋瞪大眼睛，我上杆子求你，你當我是空氣。我哥不缺召喚獸，他封印第四頭召喚獸，就意味著踏入召喚師的鐵壁境界，人和人的差距這麼大的嗎？

羅昭說道：「沒有想好，人熊正處於進化期，吞噬了域境人熊的心臟，牠似乎要蛻變。」

羅昭沒說出口的是，人熊蛻變，極有可能更像一個人，而且會有精神力反哺。鐵月與蒼王就是如此，那個時候羅昭的精神力必然得到一次飛躍。

老狽說道：「你缺真正的坐騎。」

羅昭認真思索，真正的硬菜端上來，羅昭說道：「我暫時先等一等，天雅大軍靠的不是我自己，而是整體實力。」

老狽貪婪的目光盯著一盤使用蜂蜜烤製的松雞，色澤金黃，香氣撲鼻。沈承抬手，廚師明智地把這盤烤雞放在了老狽面前。

老狽吞吞口水，羅昭說道：「喜歡什麼自己動手，來，大家一起。」

谷皋委屈說道：「哥，我缺一頭座狼。」

羅昭說道：「會有的，老狽答應了你，那就慢慢等。」

谷皋說道：「不能等了，貴族子弟也在渴望戰鬥，畢竟肩負著振興家族，維繫爵位的重任。你也看到了，面對聖堂的六大天空騎士威逼，離開的也只是極少數，更多的人寧願戰死，也要為了家族盡一份力。哥，貴族子弟的壓力比想像中更大，他們背負著家族的重任。」

羅昭慢慢吃著，谷皋說道：「你當眾擊殺聖堂的天空騎士，我看到許多貴族子弟身體激動得戰慄，哥，天雅貴族把壓箱底的高手派出來保護自家的子弟，那是彙聚了幾乎天雅全部的鐵壁超凡者，從數億百姓崛起的菁英。我承認這些超凡者可以迅速派上用場，只是貴族子弟整體更優秀，當然戰鬥力不敢說很強，給那些貴族子弟中的超凡者一個機會，他們才能展現出自己的才華。」

羅昭嗯了一聲，谷皋繼續說道：「讓他們組成一支戰隊，然後實力弱的人跟著蒼狼騎士團和預備隊學習，行不行？」

羅昭認真看著谷皋，說道：「行。」

谷皋起身飛奔而去，老狙說道：「我不是很理解，人類的貴族不是寄生蟲嗎？」

羅昭說道：「貴族的家族創始人，必然是為了帝國做出了巨大貢獻，這樣的人若是經商，賺取了巨額財富，不傳承給自己的家人？憑什麼為了帝國賣命，終於博出了一個貴族身份，就不能傳給自己的子孫後代？如果為了帝國付出太多，卻沒有回報，帝國就失去了凝聚力，而且天雅帝國三代削爵一次，也就是說貴族子弟不努力，終究會淪落為平民，避免了貴族世代傳承，給帝國造成巨大的負擔。」

「我是天雅帝國的四大世襲公爵之一，我的後代也只有一個才能繼承公爵的身份，其他的後裔沒這個資格。為了保住我僥倖得到的公爵身份，我也得咬牙努力，讓世襲公爵的身份名副其實，而不是懷疑我只是靠吹牛和撒潑混到了這個身份。」

老狙說道：「以你的能力，在異域戰場可以成為一個王。」

簡古嵐險些把筷子扭斷，老狙這個陰險的傢伙在蠱惑羅昭，因為羅昭不斷成長，簡古嵐其實已經有了壓力，而且現在羅昭對於天雅大軍的控制力已經超過了皇室，簡古嵐深深清楚這一點。

這個情況下老狽蠱惑羅昭可以在異域戰場成為一個王，萬一羅昭動心了呢？羅昭性子有多野，簡古嵐逐漸瞭解，羅昭的野心絕對是隨著實力增長。

要知道羅昭才十六歲，他還有巨大的成長空間，未來羅昭走到哪一步，誰也無法做出預判。

羅昭笑眯眯說道：「我是準備當超武皇帝的人，一個王的身份，不可以。」

老狽咬著雞腿抬頭，超武皇帝？這麼大的野心嗎？而且你說的超武皇帝和世俗的皇帝有什麼區別？

羅昭說道：「我創造的超武，我只想對自己的門徒和弟子發號施令，未來天雅大軍，會交給別人，我只帶著自己的嫡系徒子徒孫去發展。超武自成一系，不隸屬哪個國度，也不隸屬於聖堂。我答應過沐岫行走，可以併入聖堂，只是口頭約定。現在我實力提升了，尋常的待遇我們肯定不滿足，這就得談，談不攏我就另立山頭。」

「所以老狽，你可以看著我一路成長，看著超武弟子追逐我的腳步，誕生出一個個能夠斬殺天空騎士的強者。」

老狽食之無味，你這麼有信心的嗎？你的弟子也能崛起到和你一樣強大的程度？

老狽琢磨，狼族盟約是不是太粗淺了，按照羅昭的意思，他實力提升，條件就得改變，狼族盟約對他的約束是不是太少了？

恐怖的精神力洪流從第三顆召喚星迸發，第三顆召喚星中，人熊站起來，化做了一個將近五米高的毛臉壯漢。

人熊終於消化了域境人熊的心臟，牠蛻變成功，而且來自召喚星的反哺如期而至。

羅昭彷彿當面被打了一棍子，他腦袋向後仰的同時，磅礴的精神力向著四面八方迸發，鋼鐵且使用鉚釘拼接的餐桌要被掀起來，老狽第一時間伸手按住桌子。

羅昭的座椅炸碎，人熊強大，被封印的時候就是鐵壁境界，而且這是可以踏入域境的強大物種。消化了域境人熊的心臟，人熊等於吞噬了域境人熊的精華，而且傳承了域境人熊的天賦，也就是重力。

域境人熊能夠催發重力場域，羅昭的人熊還沒有踏入域境，但是羅昭從人熊那裡回饋過來的微弱資訊，已經確定人熊擁有了這個天賦。

羅昭雙腿紮馬步穩穩站住，老狽驚疑不定地看著羅昭，羅昭手中的筷子向下掉落，沒有用力投擲，在借助人熊的重力天賦之下，筷子如同弩箭沒入大地之中，留下了兩個細細的孔洞。

——待續

國家圖書館出版品預行編目(CIP)資料

召喚傳說 / 左夜作. -- 初版.
-- 臺中市 : 飛燕文創事業有限公司, 2024.05-

冊；公分

ISBN 978-626-348-745-1(第1冊:平裝). --
ISBN 978-626-348-746-8(第2冊:平裝). --
ISBN 978-626-348-747-5(第3冊:平裝). --
ISBN 978-626-348-748-2(第4冊:平裝). --
ISBN 978-626-348-749-9(第5冊:平裝). --
ISBN 978-626-348-750-5(第6冊:平裝). --
ISBN 978-626-348-751-2(第7冊:平裝). --
ISBN 978-626-348-752-9(第8冊:平裝). --
ISBN 978-626-348-753-6(第9冊:平裝). --
ISBN 978-626-348-754-3(第10冊:平裝). --
ISBN 978-626-348-755-0(第11冊:平裝). --
ISBN 978-626-348-756-7(第12冊:平裝). --
ISBN 978-626-348-757-4(第13冊:平裝). --
ISBN 978-626-348-758-1(第14冊:平裝). --
ISBN 978-626-348-759-8(第15冊:平裝). --
ISBN 978-626-348-760-4(第16冊:平裝). --
ISBN 978-626-348-761-1(第17冊:平裝). --
ISBN 978-626-348-762-8(第18冊:平裝). --
ISBN 978-626-348-763-5(第19冊:平裝). --
ISBN 978-626-348-764-2(第20冊:平裝)

857.7 113004151

召喚傳說 15

出版日期：2024年09月初版
建議售價：新台幣190元
ISBN 978-626-348-759-8

作　　者：左夜
發 行 人：曾國誠
文字編輯：柳紅鴛
美術編輯：豆子、大明
製作/出版：飛燕文創事業有限公司
公司地址：台中市南區樹義路65號
聯絡電話：04-22638366
傳真電話：04-22629041
印 刷 所：燕京印刷廠有限公司
聯絡電話：04-22617293

各區經銷商

華中書報社	電話 02-23015389
旭昇圖書有限公司	電話 02-22451480
智豐圖書股份有限公司	電話 05-2333852
威信圖書有限公司	電話 07-3730079

網路連鎖書店

金石堂網路書店 電話：02-23649989
網址：http://www.kingstone.com.tw/

博客來網路書店 電話：02-26535588
網址：http://www.books.com.tw/

若您要購買書籍將金額郵政劃撥至22815249，戶名：曾國誠，
並將您的收據寫上購買內容傳真到04-22629041

若要購買本公司出版之其他書籍，可洽本公司各區經銷商，
或洽本公司發行部：04-22638366#11，或至各小說出租店、漫畫便利屋、各大書局、金石堂網路書店、博客來網路書店訂購。
▶如有缺頁、破損，請寄回更換！

Fei-Yan
飛燕文創